Wy could ... ...

La question immigrée
dans la France d'aujourd'hui

En quelques décennies, la question immigrée a changé de nature. Depuis 1975, l'immigration proprement dite a été considérablement réduite.

En ce début des années quatre-vingt-dix, quatre millions d'étrangers vivent, se renouvellent sur le sol français et, pour la grande majorité d'entre eux, s'y établissent. La question immigrée est devenue celle de leur insertion dans la société française. Elle ne saurait se limiter à quelques mesures législatives, si nécessaires soient-elles.

Quels droits pour les étrangers ? Doit-on en faire des Français ? Quelle place pour eux dans les quartiers, dans l'enseignement, dans l'économie ? Quelle place peut-on faire à la religion musulmane dans la société française ? Quelles valeurs voulons-nous défendre ?

Quelle politique mener au niveau européen ?

Ce livre, qui s'appuie sur de nombreux entretiens et sur des statistiques non contestables, ne prétend pas apporter les solutions. Il veut, avec sérénité, amorcer une réflexion qui doit être celle de chacun d'entre nous.

Christiane Ducastelle, née en 1947 ; a travaillé pendant dix ans comme ingénieur dans un établissement public. Son intérêt pour les problèmes de société et une bonne connaissance de l'Administration l'ont amenée à se consacrer à la question immigrée.

Jacques Voisard, né en 1924 ; sa carrière professionnelle s'est partagée entre l'armée, l'activité économique dans la sidérurgie et l'aménagement du territoire. C'est à travers ces différentes expériences qu'il a pris la mesure de la dimension de l'immigration. Il est membre du Haut Conseil à l'intégration.

Jacques Voisard
Christiane Ducastelle

La question immigrée
dans la France d'aujourd'hui

Calmann-Lévy

La présente édition a été revue et mise à jour.

EN COUVERTURE : photo Pitchal.
© Jerrican.

ISBN 2-02-012210-3
(ISBN 1ʳᵉ PUBLICATION : 2-7021-1633-7).

© CALMANN-LÉVY, 1ʳᵉ éd. 1988, 1990
© ÉDITIONS DU SEUIL, SEPTEMBRE 1990
POUR LA PRÉFACE

PRÉFACE
À L'ÉDITION DE POCHE

Depuis la première publication de cet ouvrage en 1988, la « question immigrée » a été un thème récurrent de l'ensemble de l'actualité politique et sociale.

Comme la plupart des pays européens, la France enregistre actuellement de nouvelles arrivées d'étrangers. Ce phénomène, qui a toute chance de perdurer à moins d'attaquer à la racine les déséquilibres mondiaux, va vraisemblablement nous imposer pour longtemps encore un effort d'insertion. De plus, les migrations s'inscriront bientôt dans l'espace européen, ce qui risque plutôt d'accentuer certains problèmes que de les simplifier : Islam, droits civiques, circulation des personnes, par exemple.

La réalité oblige à constater une certaine crispation autour de cette situation, crispation qui ne semble pas pouvoir s'expliquer uniquement par l'analyse des statistiques concernant les étrangers. En effet, sauf en ce qui concerne les demandeurs d'asile politique dont le nombre s'est fortement accru puisqu'il atteint environ

*60 000 pour l'année 1989, on n'enregistre pas de chan-
gement d'importance. Malgré toute la réserve qu'il faut
porter sur les chiffres concernant la présence étrangère,
due à l'imprécision des statistiques actuelles du ministère de l'Intérieur et à la difficulté pour l'INED (Institut
national d'études démographiques) d'actualiser des
chiffres de plus en plus anciens issus du Recensement
de 1982 (cf. chap. 1), il ne semble pas qu'il y ait d'augmentation notable du nombre d'étrangers vivant en
France en situation régulière. Quant aux flux d'entrées
des travailleurs étrangers et des familles les rejoignant,
ils n'enregistrent qu'une légère reprise (cf. tableaux en
annexe).*

*On ne peut certes minimiser l'impact des arrivées
nouvelles dues principalement au détournement de procédure de demande d'asile reconnu par tous, et probablement de la présence d'étrangers clandestins dont il
semblerait que, faute de capacité et de volonté d'adaptation, certains secteurs de l'économie française aient
besoin, ce qui est moins facilement accepté.*

*Toutefois, la question immigrée dépasse celle de la
présence étrangère, et il est conséquemment essentiel de
savoir de qui l'on parle et ce que l'on veut étudier,
d'accepter le problème dans toute sa dimension sans le
réduire à quelques thèmes partiels traduisant davantage
des modes qu'une réelle volonté de le traiter. Le flou
toujours entretenu sur ce vaste sujet ouvre la voie à
n'importe quels fantasmes, appuyés sur n'importe quels
chiffres, et certains ne s'en privent pas, qui conduisent
inévitablement au raidissement des opinions et des
comportements que l'on peut actuellement observer.*

La priorité que nous avions soulignée, en matière de connaissance et de large information (cf. chap. VIII), afin que la « question immigrée » soit abordée de la manière la moins irrationnelle et la plus démocratique possible, se confirme. C'est dans ce sens que nous avons été amenés à travailler en 1989, dans le cadre d'une Mission officielle sur l'amélioration de la connaissance des phénomènes migratoires et de leurs conséquences.

L'étude réalisée pour cette Mission, du fonctionnement actuel de l'ensemble des organismes publics ou parapublics qui participent à la production d'information, à son financement ou à sa diffusion, nous a permis de préciser notre première réflexion sur le sujet dont les grandes lignes sont exposées dans le chapitre VIII de ce livre, sans modification par rapport à la première édition.

L'éclatement actuel de la production de connaissance en particulier statistique, la « culture administrative » qui n'englobe pas la circulation des informations, les rivalités qui existent dans le monde de la recherche, accentuées par des difficultés réelles de financement, les frontières trop floues entre administrations, chercheurs, monde politique, monde associatif, que trop souvent l'immigration fait vivre, tout concourt à une situation malsaine. Compte tenu des dangers réels que cette situation présente pour une société qui se veut toujours solidaire, il nous semble que l'État a, dans ce domaine, un rôle de premier plan.

C'est ainsi que nos conclusions [1] plaident pour la mise en place d'une véritable politique de la connaissance en matière d'immigration, élaborée dans un cadre interministériel articulé comme suit :

– un Secrétariat général placé sous l'autorité du Premier ministre ou celle du président de la République, responsable de la politique globale d'insertion (propositions, liaison interministérielle, dimension européenne, etc.),

– un Institut d'études, placé sous la responsabilité du secrétaire général, chargé de la connaissance et de sa diffusion, et fonctionnant de façon interministérielle autour de quatre pôles : statistiques, recherche, communication et pédagogie,

– une Fondation privée est également envisagée, ayant vocation à mobiliser la « société civile » dans des actions complémentaires de recherche et de communication.

Dans le climat quelque peu détérioré de ce début de décennie 90, les responsables politiques semblent avoir maintenant choisi le cadre interministériel pour l'élaboration d'une politique d'intégration, et peut-être plus généralement d'immigration. Cependant, la mobilisation pour la connaissance et les moyens à mettre en place ne sont pas encore explicitement affirmés. Gageons que la nécessité les imposera.

J.V. et C.D.
janvier 1990

1. Publié dans *Revue des migrations internationales*, février 1990.

INTRODUCTION

Question immigrée ou question française?

Plusieurs centaines d'enquêtes et d'entretiens, complétés par la lecture de nombreux rapports et documents, constituent la matière première de ce livre. Il prend, en l'élargissant, la suite d'un travail de réflexion conduit depuis longtemps, publié dans le cadre de la Fondation Saint-Simon et diffusé, à la fin de 1986.

Au commencement de ce travail, il ne s'agissait que de faire le point sur ce que l'on savait ou ne savait pas de cette nouvelle immigration d'après-guerre, présentée par les uns comme une nécessité et par les autres comme un fardeau. Le constat n'a pas été aisé tant les sources sont disparates, incomplètes et parfois peu fiables, même quand il s'agit de problèmes qui devraient être simples.

Au fur et à mesure que nous avancions, nous avons été particulièrement surpris par le décalage dans le temps, et donc dans les idées, entre les faits et la perception ou l'acceptation des faits, de la part des responsables politiques. Nous l'avons été davantage encore par la fragmentation des décisions politiques qui ont pu être prises sur le sujet. Cela explique l'intérêt que nous avons porté à l'organisation et au fonctionnement des services administratifs en charge des problèmes d'immigration.

Plus nous avancions, plus nous étions frappés de la dimension de plus en plus française de la question immigrée, révélatrice des faiblesses de notre société et partie prenante de notre histoire de maintenant. Cela nous a conduits à dépasser le simple cadre démographique ou sociologique pour tenter d'aborder le domaine économique et social.

La dimension musulmane de notre sujet nous est vite apparue particulièrement importante, comme d'ailleurs la dimension européenne. Nous ne les avons qu'esquissées faute d'avoir pu disposer de données suffisantes.

C'est pourquoi ce livre pose sans doute plus de questions qu'il n'apporte de réponses, même s'il comporte quelques propositions que nous aimerions un jour voir prises en compte. Notre espoir est que ces interrogations et ce constat rejoignent les préoccupations de ceux qui nous liront.

Nous tenons à exprimer nos vifs remerciements à tous ceux qui, chercheurs, élus, dirigeants et cadres des secteurs publics et privés, immigrés ou animateurs d'associations laïcs ou religieux qui nous ont aidés à réaliser ce travail.

CHAPITRE I

L'immigration à grands traits

Depuis 1975, une croissance très ralentie de la population étrangère. L'installation des étrangers est un fait. Les naissances sur le sol français sont devenues le principal facteur d'augmentation de cette population. Une situation numériquement comparable à celle des années trente et des origines géographiques et culturelles de plus en plus diverses.

Une nouvelle fois au cours de ce siècle, la France compte 7 % d'étrangers parmi la population résidant sur son sol. Ces 4,5 millions de personnes forment une population très hétérogène. Le critère de nationalité qui permet d'établir les statistiques les concernant est, nous en sommes conscients, insuffisant pour appréhender la question immigrée. Toutefois, la composition de la population étrangère vivant actuellement en France est bien marquée par les évolutions des mouvements migratoires depuis 1945.

Mouvements et variations

L'analyse des variations du nombre d'étrangers présents en France permet de distinguer deux périodes depuis la fin de la Seconde Guerre mondiale.

Jusqu'en 1975, on note une croissance rapide et continue de la population étrangère. Le rythme d'augmentation annuelle de cette population, observé dans les périodes intercensitaires, passe de 2,8 % entre 1954 et 1962 à 3,4 % entre 1962 et 1968, pour atteindre 4,5 % entre 1968 et 1975. Ces accroissements correspondent principalement à des mouvements effectifs de population en provenance de pays étrangers. Ainsi sont arrivés en France, entre 1968 et 1975, plus de un million cent mille travailleurs primo-immigrants. Cependant, nombreux sont les travailleurs étrangers qui, dès cette époque, dite « d'immigration du travail », font venir leurs familles. L'établissement en France est largement amorcé.

Les difficultés économiques du début des années soixante-dix, en particulier la détérioration du marché de l'emploi, amènent le gouvernement à décider, en 1974, l'arrêt de l'entrée des travailleurs étrangers permanents, mesure toujours en vigueur. La décision n'a pas été sans résultat : l'entrée régulière des travailleurs étrangers est, à la fin des années quatre-vingt, à peu près négligeable et le rythme d'augmentation de la population non nationale a considérablement baissé. Entre 1975 et 1982, le nombre d'étrangers n'a augmenté que de 1 % par an en moyenne. En 1986, l'accroissement n'était plus que de 0,5 %. Cependant, l'effet quelque peu attendu d'une diminution réelle de la présence étrangère en France ne s'est pas produit et, près de quinze ans après la décision d'arrêt de l'immigration du travail, la population étrangère est toujours en très légère augmentation. S'agit-il vraiment d'immigration?

TABLEAU N° 1
**Pourcentage annuel d'augmentation
de la population étrangère**

1954-1962	*1962-1968*	*1968-1975*	*1975-1982*	*1982-1985*
+2,8 %	+3,4 %	+4,5 %	+1,0 %	+0,7 %

Source : RGP

Les variations du nombre d'étrangers s'expliquent par la combinaison de plusieurs facteurs. Les entrées effectives des ressortissants étrangers et les naissances d'enfants de couples non nationaux contribuent à l'accroissement de cette population. En revanche, les retours, décès, départs « forcés » mais aussi les accès à la nationalité française ont un effet de réduction. Depuis 1975, on observe une modification importante des poids relatifs de ces différents facteurs et, conséquemment, un changement profond dans la nature du phénomène.

On aimerait pouvoir dresser un bilan annuel complet des variations affectant la population étrangère. Malheureusement, les insuffisances de l'appareil statistique français obligent rapidement à en abandonner l'idée. L'inévitable recours aux estimations de certains flux, faites par les chercheurs, permet toutefois de dégager les grandes tendances.

Les flux avec les pays étrangers ont globalement baissé. L'entrée régulière des actifs est devenue un phénomène marginal. Au début de la décennie soixante-dix, l'Office national de l'immigration (ONI) enregistrait chaque année plus de 100 000 nouveaux travailleurs étrangers permanents. En 1986, seuls 11 300 travailleurs ont été autorisés à exercer un emploi en France, et 4 800 d'entre eux étaient ressortissants d'un pays de la CEE. « Curieusement », le nombre de travailleurs étrangers saisonniers n'a pas diminué dans les mêmes proportions. 135 000 saisonniers étaient introduits chaque année au début de la décennie soixante-dix, plus de 100 000 au début des années quatre-vingt. Chacun s'accorde d'ailleurs pour imputer cette baisse à la mécanisation des travaux agricoles et non à une politique de limitation des entrées. Le nombre d'entrées au titre du regroupement familial, plus important que celui des entrées d'actifs, affiche lui aussi une baisse régulière. Les volumes concernés sont restés considérables pendant toute la décennie soixante-dix. 80 000 personnes ont été autorisées à résider en France en 1970, 50 000 en 1978. Depuis, la baisse globale est continue. 32 000 personnes ont été admises au titre du regroupement familial en 1985 et 28 000 en 1986. Le nombre de demandeurs d'asile politique est, lui, beaucoup plus élevé qu'il y a quinze ans. Ainsi, l'Office français pour les réfugiés et apatrides (OFPRA) a enregistré 30 000 demandes d'asile en 1986 alors qu'en 1974 seules 1 600 personnes s'étaient présentées à ses bureaux (cf. Annexes : tableaux nos 11 à 13).

Les flux de sortie sont moins bien connus. Les départs « forcés » – expulsions, reconduites à la frontière, interdictions de territoire – sont plus importants qu'au début des années soixante-dix. Si l'on s'en tient aux chiffres des reconduites à la frontière, pratiquement inexistantes au début des années soixante-dix, mais qui représentent la majeure partie des départs forcés actuels, on observe que 7 500 mesures de reconduite ont été prononcées en 1985 et 12 500 en 1986. La mise en application de la loi du 9 septembre 1986 sur les conditions d'entrée et de séjour des étrangers se fait sentir, mais les chiffres restent statistiquement faibles par rapport aux autres flux. Les retours volontaires, eux, s'orientent à la baisse. Seuls sont connus les retours faisant l'objet d'une aide à la réinsertion. Cependant, une étude réalisée en 1985 estime à 75 000 le nombre d'étrangers qui ont quitté, chaque année, la France entre 1975 et 1981. La baisse que l'on peut enregistrer – on comptait environ 100 000 départs annuels entre 1968 et 1974 – et qui semble se poursuivre doit être mise directement en rapport avec le niveau des flux d'entrée. Depuis 1977, différentes mesures d'aide au retour ont été mises en place. Elles ont permis en moyenne un départ annuel de 15 000 à 20 000 personnes.

Le solde migratoire proprement dit, qui découle de ces observations, est donc pratiquement nul, et les flux d'entrée, qui restent significatifs, ne constituent plus le facteur principal d'augmentation de la population étrangère, comme c'était le cas au début des années soixante-dix. En effet, les naissances d'origine étrangère sur le sol français atteignent maintenant un niveau comparable. En 1986, 70 000 enfants sont nés en France de deux parents étrangers et 20 000 de couples mixtes. Le nombre de ces naissances est en augmentation continue depuis une vingtaine d'années, mais il faut noter qu'il a toujours été très élevé. Ainsi, en 1966, on enregistrait déjà 70 000 naissances d'origine étrangère. Le fait remarquable est la part prépondérante que prennent maintenant ces naissances dans l'accroissement de la population étrangère et leur poids de plus en plus important dans l'ensemble des naissances enregistrées sur le sol français. Les naissances d'origine étrangère représentaient 15 % des naissances enregistrées sur le sol français en 1986, alors qu'elles n'en constituaient que 9 % vingt ans plus tôt (cf. Annexes : tableaux n°s 14 à 16).

Il est difficile de dresser un solde naturel en prenant en compte les naissances et les décès. En effet, certains enfants de deux parents étrangers ont, dès leur naissance, la nationalité française. C'est le cas de la plupart des enfants nés de deux parents algériens. D'autre part, le nombre de décès de ressortissants étrangers est mal connu. L'Institut national d'études démographiques (INED) estime, toutefois, un solde positif moyen de 35 000 personnes entre 1982 et 1985.

Enfin, il faut prendre en compte les acquisitions de nationalité pour expliquer les variations de la population étrangère dans leur totalité. On estime à environ 60 000 le nombre d'étrangers accédant chaque année à la nationalité française. La population étrangère s'en trouve statistiquement diminuée d'autant. Ce chiffre inclut les demandes volontaires, qui sont seules enregistrées, et les acquisitions automatiques, qui font l'objet d'estimations. Il ne tient pas compte des 40 000 enfants qui ont au moins un parent étranger et la nationalité française dès leur naissance.

De tous ces facteurs intervenant dans les variations de la population étrangère, certains sont directement liés aux décisions politiques, d'autres sont plus « subis ». La période actuelle se caractérise par la prépondérance du développement de la population étrangère sur le sol français. Des flux d'entrée existent qui laissent entrevoir, au moins en ce qui concerne le regroupement familial, une future installation en France, renforçant encore le phénomène précédent. Plus de dix ans après l'arrêt de l'entrée des travailleurs, l'immigration a changé de nature : *les nouveaux étrangers sont, en majorité, des enfants qui naissent sur le sol français.*

Une population numériquement stable

Cela dit, en cette fin des années quatre-vingt, la population étrangère, compte tenu de la législation en vigueur, semble à peu près stabilisée.

Les polémiques autour du nombre d'étrangers présents en France sont nombreuses, et les chiffres les plus divers sont quelquefois avancés. On ne soulignera jamais assez combien les incertitudes liées aux statistiques existantes facilitent de tels comportements.

Deux sources officielles permettent d'appréhender numériquement la population étrangère. Ce sont le Recensement général de la population, effectué tous les sept ans par les services de l'Institut national de la statistique et des études économiques (INSEE), et le recensement juridique des étrangers, réalisé chaque année par le ministère de l'Intérieur. En 1982, l'INSEE a pu dénombrer 3 680 100 étrangers présents en France. Le ministère de l'Intérieur a recensé, lui, 4 223 928 étrangers autorisés à séjourner sur le territoire français en 1982, et 4 459 196 en 1986. L'écart entre les deux statistiques est important. Il s'explique par la nature même des deux démarches et par leurs imperfections.

L'INSEE compte des personnes physiques, présentes sur le territoire métropolitain. La nature déclarative du recensement est toutefois source d'imprécisions. L'étranger est celui qui se déclare tel et non celui qui l'est au regard de la loi. Certes, la connaissance de sa propre nationalité est généralement simple pour le primo-immigrant. Elle l'est moins pour ses enfants. Ainsi, il semble que nombre d'enfants, ou jeunes de plus de dix-huit ans, à qui notre code de nationalité attribue la nationalité française soient déclarés étrangers par leurs parents au moment du recensement. Il est impossible d'apprécier cette surestimation de la population juridiquement étrangère. A l'inverse, les omissions dans le recensement des étrangers sont loin d'être négligeables et constituent une autre source d'imprécision. Elles touchent la partie la plus défavorisée de cette population et sont de causes diverses. Ainsi, les conditions très précaires de logement rendent parfois très difficile le travail des enquêteurs. Le faible niveau d'alphabétisation de certains étrangers ne leur permet pas toujours de répondre aux questionnaires. Enfin, certains d'entre eux, inquiets de leur avenir, bien qu'en situation régulière, peuvent vouloir échapper à tout système de repérage.

Le ministère de l'Intérieur recense, lui, des documents. Il comptabilise les titres de séjour, en cours de validité, délivrés aux ressortissants étrangers, auxquels il ajoute leurs enfants de moins de seize ans. La population concernée est donc la population autorisée à séjourner en France. Ces statistiques comportent, elles aussi, leurs incertitudes. Ainsi, les flux de sortie sont incomplètement enregistrés. Seuls sont pris en compte les départs qui s'inscrivent dans une procédure d'aide au retour, qui contraint toujours l'étranger à remettre son titre de séjour. Le nombre d'enfants présents sur le sol français est, lui aussi, entaché d'incertitudes puisque seuls sont systématiquement enregistrés les enfants qui arrivent en France dans le cadre du regroupement familial. Les enfants nés en France ne sont pris en compte qu'à partir de la déclaration des parents.

Toutes ces incertitudes ne vont pas dans le même sens, même s'il est généralement admis que les chiffres du Recensement sont sous-estimés et ceux du ministère de l'Intérieur, surestimés. Malgré ces imprécisions, les ordres de grandeur gardent un sens et la situation actuelle d'une population totale comportant environ 7 % d'étrangers est comparable à celle que la France a connue au début des années trente.

TABLEAU N° 2
Pourcentage d'étrangers dans la population totale

1921	1926	1931	1936	1946	1954	1962	1968	1975	1982
3,9	6,0	6,6	5,3	4,4	4,1	4,7	5,3	6,5	6,8

Source : RGP.

On nous objectera que le phénomène de la clandestinité n'est pas pris en compte et que la population étrangère est plus nombreuse qu'on ne veut bien le dire. C'est vrai, mais le phénomène a toujours existé et les statistiques des années trente ne l'incluaient pas davantage. L'impact de la clandestinité est, par définition, mal connu. Il est cependant réel et les régularisations de situation en sont le témoin. Ainsi, la décision gouvernementale de 1981, dite de régularisation exceptionnelle, a concerné plus de 100 000 travailleurs. Toutefois, l'examen des statistiques de l'ONI montre que le niveau annuel des régularisations n'est pas négligeable, cela en dehors de toute procédure d'exception. En 1986, sur les 6 500 travailleurs permanents, non ressortissants de la CEE, contrôlés par l'ONI, 1 700 l'ont été dans le cadre légal de l'introduction, alors que 4 800 ont été « régularisés ». De même, en 1985, 15 300 personnes ont été introduites au titre du regroupement familial conformément à la législation, alors que 17 200 personnes ont fait l'objet d'une régularisation de situation.

Il serait hasardeux d'avancer une estimation de la population clandestine, mais la permanence du phénomène marque bien les limites des politiques affichées de contrôle des flux d'entrée.

Le nouveau monde de l'immigration

On ne peut espérer être plus précis dans l'approche quantitative globale de la population étrangère en France.

Cet état de fait est d'autant plus regrettable qu'il alimente des débats totalement stériles sur le nombre d'étrangers, alors que les vraies questions sont autres. Les statistiques dont nous disposons sont, malgré leurs incertitudes, d'un enseignement plus riche. Ainsi, l'ana-

lyse détaillée de la structure de la population étrangère
traduit une évolution considérable depuis trente ans.

Le premier fait notable concerne l'origine géographique des étrangers présents en France. L'immigration
d'origine européenne, qui constituait la principale composante de l'immigration pendant la première moitié de ce
siècle, est aujourd'hui en déclin. Alors qu'en 1946
les Européens constituaient 88 % de la population étrangère, ils n'étaient plus que 47 % en 1982. Cette tendance
se confirme, comme le montrent les statistiques du ministère de l'Intérieur pour 1986, qui comptabilisait 40 %
d'étrangers en provenance de pays européens. Ce ministère a recensé 845 000 Portugais, 370 000 Italiens et
342 000 Espagnols, autorisés à résider en France en 1986.
L'immigration en provenance des pays d'Europe du Nord
s'est éteinte la première. Les ressortissants polonais ne
constituent pas plus de 1,5 % de la population étrangère
actuelle. L'immigration italienne, toujours importante en
France depuis le début du XXᵉ siècle, baisse régulièrement depuis 1962. Les Italiens ne représentaient que
8 % des étrangers en 1986. L'immigration espagnole,
accentuée après la Seconde Guerre mondiale, est maintenant d'un niveau comparable à l'immigration italienne.
Seule l'immigration portugaise, beaucoup plus récemment apparue, puisqu'elle date du début des années
soixante, est encore importante. Près de 20 % des étrangers étaient d'origine portugaise en 1986. Ce pourcentage
était déjà en diminution à cette date. L'immigration
européenne reste, certes, une composante importante de
l'immigration globale, mais les 35 % d'étrangers d'origine
italienne, espagnole ou portugaise occupent une position
singulière du fait de l'appartenance de ces trois pays à

la CEE et de la future mise en place de la libre circulation des hommes à l'intérieur du territoire communautaire.

L'immigration en provenance des pays d'Afrique du Nord s'est progressivement substituée à l'immigration traditionnelle d'origine européenne. L'apparition massive des populations marocaine, tunisienne et surtout algérienne constitue le fait marquant du phénomène migratoire observé depuis le début des années soixante. Alors qu'en 1946 la population issue du Maghreb ne représentait que 2,3 % de la population d'origine non métropolitaine, elle constituait 38,5 % de la population étrangère présente en 1982. Il semble d'ailleurs que l'on puisse parler d'une stagnation de cette population. Les statistiques fournies par le ministère de l'Intérieur, pour l'année 1986, font en effet état de 35 % d'étrangers originaires de ces trois pays. 712 000 personnes viennent d'Algérie, 576 000 du Maroc et 230 000 de Tunisie. C'est cette population, en provenance du sud de la Méditerranée, qui aujourd'hui cristallise les mécontentements comme le firent, il y a deux générations, les étrangers originaires du sud de l'Europe.

On observe enfin, depuis la fin des années soixante-dix, une mondialisation du fait migratoire. L'immigration la plus récente se caractérise par la diversification et l'éloignement des pays d'origine. Ainsi, parmi les étrangers arrivés en France entre 1975 et 1982, 10 % étaient d'origine africaine non maghrébine et 23 % d'origine asiatique. Les populations nouvellement apparues ont un poids encore relativement faible dans l'ensemble de la population étrangère, mais suffisant pour que l'on puisse parler de communautés nouvelles et, corrélativement, de problème d'insertion. Ainsi s'est progressivement constituée une communauté turque, qui représente 4 % de l'ensemble de la population étrangère, soit environ 165 000 personnes. De même, plus de 4 % des étrangers sont originaires d'Afrique noire. Enfin, les ressortissants des pays d'Asie du Sud-Est sont numériquement d'un niveau comparable : environ 5 % des étrangers. Cette immigration récente, particulièrement hétérogène et aux causes diverses, est en augmentation faible, mais régulière.

Le second fait d'importance tient à l'évolution de la pyramide des âges de la population étrangère. La tendance à l'équilibre entre hommes et femmes, amorcée dès le milieu des années soixante, se poursuit régulièrement du fait de l'immigration familiale non encore épuisée et des naissances d'enfants étrangers sur le sol français.

Entre les deux recensements de 1975 et 1982, la proportion de femmes dans la population étrangère est passée de 40 % à 43 %. Une analyse plus détaillée fait toutefois apparaître des distorsions suivant les tranches d'âges et les communautés considérées (cf. Annexes : tableau n° 17). Ainsi, les chiffres du recensement de 1982 montrent que l'équilibre hommes-femmes est réalisé pour les étrangers âgés de 0 à 24 ans. Cela s'explique principalement par le fait que l'immigration du travail ne concerne cette tranche d'âge que de façon très marginale. La quasi-totalité de ces étrangers est née en France ou est arrivée dans le cadre du regroupement familial. Les plus grandes distorsions se font sentir dans les tranches supérieures à 25 ans et pour les populations originaires d'Afrique et d'Asie. Ainsi, on ne dénombrait

en 1982 que 40 % de femmes parmi les étrangers âgés
de 25 à 34 ans et d'origine africaine, maghrébine ou non,
et seulement 20 % parmi les étrangers de même origine
âgés de 35 à 54 ans. Cela laisse à penser que le regroupement familial n'est pas terminé pour certaines communautés, et c'est bien ce que montrent les statistiques
relatives à l'entrée des familles. Sur les 32 000 entrées
enregistrées par l'ONI, 52 % étaient d'origine maghrébine, dont 26 % d'origine marocaine ; 13 % étaient d'origine turque et 6 % d'Afrique noire francophone. Le cas
portugais est intéressant : les entrées de familles portugaises constituent 13 % de l'ensemble de l'immigration
familiale. Or, le recensement de 1982 dénombrait autant
d'hommes que de femmes portugais âgés de 0 à 34 ans.
Compte tenu de l'extinction de l'immigration des travailleurs portugais – 127 travailleurs portugais sont
« entrés » en France en 1985 – il semble que le regroupement familial portugais concerne maintenant principalement des femmes âgées de plus de 34 ans.

La réalité d'un regroupement familial, encore soutenu
pour les communautés les plus déséquilibrées, en particulier africaines, doit donc être prise en compte.

Enfin, la population étrangère est une population jeune
comparée à la population française. En 1982, un tiers
des étrangers avait moins de 20 ans, contre un peu plus
d'un quart dans la population française. Les disparités
existantes suivant les nationalités d'origine ont des causes
diverses. Les populations italiennes et espagnoles, qui
correspondent à une immigration « ancienne », sont plus
âgées que la population française. Ce qui se comprend
aisément puisque, compte tenu du code de nationalité,
les jeunes issus de ces populations présentes depuis au

moins deux générations sont français. En revanche, les migrations plus récentes représentent des populations très jeunes. 38 % des Portugais vivant en France ont moins de 20 ans. Ils sont, dans la même tranche d'âge, 42 % dans la communauté maghrébine et 51 % dans la communauté turque. Le regroupement familial a participé doublement au rajeunissement des populations étrangères. En premier lieu par l'introduction d'enfants de moins de 16 ans, seuls autorisés à rejoindre leurs parents dans ce cadre. Notons que, depuis 1983, ce phénomène tend à diminuer. En effet, la baisse observée sur les volumes d'entrées au titre du regroupement des familles affecte davantage les enfants que les conjoints. Nous ne sommes malheureusement pas en mesure de nous prononcer sur la permanence de ce phénomène, ni sur son influence sur le niveau futur des naissances étrangères en France. En second lieu, le regroupement familial a bien évidemment favorisé de nouvelles naissances sur le sol français (cf. Annexes : tableau n° 18).

TABLEAU N° 3

Pourcentage de moins de 20 ans par nationalité

France	Italie	Espagne	Portugal	Algérie	Tunisie	Maroc	Turquie
28 %	15 %	22 %	38 %	41 %	40 %	43 %	51 %

Sources : INSEE – RGP.

Le taux de natalité de la population étrangère, dans son ensemble, est encore très supérieur à celui de la population française. En 1982, les étrangères avaient en moyenne 3,2 enfants et les Françaises 1,84. Cependant, le comportement des étrangères évolue, et relativement rapidement. Ainsi, les femmes des communautés les plus anciennes, italiennes, espagnoles ou même portugaises, ont un comportement identique à celui des Françaises. Pour les communautés les plus récemment apparues, le nombre d'enfants par femme reste très supérieur à celui de la population française, bien qu'ayant considérablement baissé. Pour ne citer qu'un exemple, la communauté algérienne qui, en 1968, comptait 8,9 enfants par femme n'en comptait plus que 4,2 en 1982. Il serait d'ailleurs intéressant, pour ces communautés récentes, d'affiner l'analyse en appréciant le comportement des femmes de la seconde génération.

Quoi qu'il en soit, cette forte natalité, qui favorise une croissance plus rapide d'une population étrangère toujours plus jeune que la population française, contribue de façon sensible à la natalité, dans ce pays qui n'assure plus le renouvellement des générations.

De ce premier constat dressé à partir du seul critère juridique qu'est la nationalité, on comprend que la population étrangère présente en France se caractérise avant tout par son hétérogénéité : les communautés sont d'origine de plus en plus variée, certaines constituant une immigration de longue date, d'autres étant apparues très récemment; ces étrangers sont venus et viennent encore en France pour des raisons diverses (familiales, économiques, politiques); si une partie de cette population a tendance à s'installer, les flux d'entrée et de sortie sont notables; la clandestinité est toujours une réalité; enfin, ces communautés sont diversement exposées aux faiblesses propres de la société française.

Au-delà des insuffisances statistiques signalées, le critère retenu ne permet pas d'analyser pleinement le problème de l'immigration. Qui est l'« immigré »? Le ressortissant espagnol arrivé en France il y a dix ans ou le jeune « Beur », français, né en France il y a vingt ans et y ayant grandi?

En fait, la population en cause est à la fois étrangère et française : immigrante, immigrée et issue de l'immigration. Elle est perçue à travers des critères économiques, sociaux et culturels autant que juridiques. Le sentiment de la présence étrangère ne s'identifie pas à la réalité de la présence des non-nationaux sur le sol français. Et le problème de l'immigration est avant tout le problème de la présence d'une population économiquement très défavorisée, socialement exclue, de culture encore inconnue, donc inquiétante, principalement originaire des pays musulmans, mais dont une partie, constituée par les seconde et troisième générations, est déjà de nationalité française. Nous sommes sans doute au-delà des quatre millions d'étrangers « officiels ».

Le problème de l'immigration se pose donc à une autre échelle et, faute de le dire, on laisse croire qu'il est simple et on favorise les comportements sommaires. Il ne faudrait pas que la société française en vienne à rejeter une partie de ses ressortissants, y compris, d'ailleurs, ceux qui sont originaires des DOM-TOM. Cela ne peut être négligé dans les réflexions sur l'immigration, ni dans les décisions qui en découlent : la population immigrée n'est pas isolée, elle s'intègre peu à peu dans la société française, des solidarités existent et les risques de déstabilisation sont réels.

CHAPITRE II

Les immigrés dans la société française

Les immigrés révèlent, tout en les cumulant, les handicaps de la société française : sururbanisation et concentration en certaines zones du territoire (Paris, Lyon, Marseille), chômage aggravé, logements trop souvent surpeuplés, enseignement débouchant sur l'échec, conditions de vie favorisant la délinquance.

L'approche globale de la présence étrangère qui vient d'être décrite cache une grande diversité de situations. En premier lieu, la réalité de l'immigration est loin d'être vécue de la même manière par la France entière, du fait même de la concentration des étrangers en certains points du territoire. D'autre part, les handicaps sociaux que connaissent les étrangers, souvent liés au phénomène de concentration géographique, n'ont pas la même ampleur suivant les communautés, et diffèrent peu de ceux que connaît la partie la plus défavorisée de la société française.

De plus, le cumul des handicaps semble être une des caractéristiques majeures des populations immigrées. Quel que soit le critère retenu, logement, emploi, scolarité, les immigrés se retrouvent toujours dans les catégories les plus défavorisées. Les nationalités les plus récemment arrivées, sauf peut-être celles d'origine asiatique, sont elles-mêmes les plus exclues.

Le PLM des immigrés

La répartition géographique des immigrés sur le territoire français, très inégale, ne peut qu'accentuer les difficultés de vie quotidienne. L'analyse régionale de la présence étrangère donne un premier éclairage sur ces disparités de situation. La région Ile-de-France est l'exemple le plus criant, par la proportion de plus en plus importante d'étrangers qui y vivent. Plus de 13 % de ses habitants sont étrangers. Et, alors qu'en 1945 moins de 20 % des étrangers présents sur le sol français y résidaient, ce sont maintenant plus de 40 % d'entre eux qui y vivent. Sept autres régions, toutes situées dans l'est ou le sud de la France, enregistrent une présence étrangère supérieure à la moyenne nationale. La région Corse compte 11,3 % d'étrangers et la région Rhône-Alpes 9 %. Viennent ensuite, dans ce classement un peu froid, les régions d'Alsace, de Lorraine et de Provence-Alpes-Côte d'Azur, dont 8 % de la population est étrangère. La région Franche-Comté a, elle, un taux d'étrangers très légèrement supérieur à la moyenne nationale. Les populations immigrées des années trente-quarante, installées dans les départements du sud ou du nord de la France, d'origine italienne et espagnole pour les premières, polonaise pour les secondes, aujourd'hui parties ou devenues françaises, n'ont pas été compensées par les immigrations les plus récentes. Et les régions Aquitaine, Languedoc, Midi-Pyrénées, Nord et Picardie accueillent

maintenant de moins en moins d'immigrés. Parallèlement, certaines régions sans tradition d'immigration
semblent prendre une part croissante, bien qu'encore très
faible, dans l'accueil des étrangers. Tel est le cas de
certaines régions du centre ou de l'ouest de la France.

TABLEAU N° 4

Taux de présence étrangère dans la population régionale

Ile-de-France	Corse	Rhône-Alpes	PACA	Alsace	Lorraine	Franche-Comté	France
13,3 %	11,3 %	9,1 %	8,2 %	8,1 %	8,0 %	7,4 %	6,8 %

Source : RGP.

Cette première image de la concentration des populations étrangères est encore accentuée par leur répartition inégale à l'intérieur même des régions. Ainsi, en
Ile-de-France, les départements de Paris et de la Seine-
Saint-Denis comptent 17 % d'étrangers, celui des Hauts-
de-Seine 14 %. Dans les autres régions, les immigrés sont
généralement concentrés dans les départements les plus
urbanisés et dans les grandes villes. 70 % des étrangers
vivent dans une ville de plus de 100 000 habitants, alors
que seuls 40 % des Français sont dans ce cas. Enfin, il
convient encore de noter les préférences d'établissement
de certaines communautés, liées aux traditions ou aux
nouvelles habitudes. Chacun connaît l'exemple du
13ᵉ arrondissement de Paris devenu en dix ans le lieu
d'implantation privilégié des étrangers originaires d'Asie
du Sud-Est. Au-delà de cette situation frappante, on

peut noter que les étrangers d'origine turque, arrivant souvent de RFA, sont principalement implantés dans l'Est. Les Espagnols sont très présents dans le sud-ouest de la France. Les Italiens représentent encore 25 % des étrangers établis en Lorraine. Les Marocains constituent, eux, la population la plus dispersée, y compris dans les zones rurales. Enfin, toutes les communautés sont très fortement implantées en région Ile-de-France et relativement présentes en régions Rhône-Alpes et Provence-Alpes-Côte d'Azur.

Le chômage de plein fouet

On connaît les difficultés de l'estimation quantitative du chômage et les controverses qui en découlent. Trois sources permettent d'appréhender les niveaux du chômage : le recensement général de la population et les enquêtes annuelles de l'INSEE sur l'emploi, qui fournissent des données de nature déclarative; enfin, la comptabilisation par l'ANPE des chômeurs inscrits dans ses fichiers. On se trouve devant le même type d'incertitudes que lorsqu'il s'agit de dénombrer les étrangers vivant sur le sol français. De plus, l'enquête annuelle de l'INSEE exclut une partie de la population active, par exemple celle qui vit en foyer collectif, puisqu'elle ne prend en compte que la population des « ménages ordinaires ».

Jusqu'en 1984, les statistiques traduisaient une détérioration de la situation de l'emploi plus rapide chez les étrangers que dans la population totale. Le Recensement général de la population donnait, en 1982, un taux de

chômage de 14 % pour les étrangers, contre 8,7 % pour
l'ensemble de la population active. Parallèlement, et à
la même époque, les services de l'ANPE comptaient
11,9 % de chômeurs parmi les étrangers, avec des disparités importantes suivant les communautés d'origine.
En 1982, la communauté portugaise comptait 7,5 % de
chômeurs, taux inférieur à celui des Français, mais le
Recensement relevait 18 % de chômeurs parmi les Tunisiens, et 22 % parmi les Algériens.

TABLEAU N° 5
Taux de chômage par communauté

Français	*Italiens*	*Espagnols*	*Portugais*	*Marocains*	*Tunisiens*	*Algériens*	*Turcs*
8,3 %	9,1 %	10,7 %	7,5 %	15 %	18 %	22 %	14 %

Source : RGP.

Depuis 1985, le chômage étranger régresse et il a
atteint en 1986 le niveau qui était le sien en 1981, soit
11,2 % de la population active. Cette baisse n'affecte en
réalité que les communautés les plus anciennement installées, y compris la communauté algérienne. Mais les
communautés d'origine marocaine, turque ou d'Afrique
noire voient leur situation s'aggraver encore. Toutefois,
la baisse globale enregistrée à la fin de l'année 1985, qui
s'explique pour une part par l'amélioration de la situation
des jeunes de moins de 25 ans, ne doit pas masquer des
situations plus préoccupantes. On constate, par exemple,
que depuis 1983, la durée moyenne du chômage des

étrangers augmente régulièrement. De 262 jours en
moyenne à l'époque, elle est passée à 346 jours à la fin
de 1986. De même, la situation des femmes étrangères,
qui se présentent maintenant, en nombre, sur le marché
de l'emploi, continue de se dégrader. Enfin, le nombre
de chômeurs étrangers de plus de 25 ans continue d'augmenter. Nous n'avons aucune volonté de noircir un
tableau déjà très sombre. Mais on ne peut se passer
d'une réflexion plus approfondie sur la situation des
étrangers face à l'emploi, et sur son devenir. Malheureusement, et pour des raisons objectives, cette situation
risque de se dégrader encore. En effet, les étrangers sont
sur-représentés dans les emplois industriels les moins
qualifiés. Près de 65 % de la population active étrangère
occupe un emploi « ouvrier », contre 30 % de la population active française. Le déséquilibre est encore plus
grand pour les emplois non qualifiés, dans lesquels on
trouve un étranger sur trois pour seulement un Français
sur dix. Or, ce sont ces emplois qui sont les plus menacés
par les mutations industrielles; on peut raisonnablement
penser que la part des actifs étrangers dans l'ensemble
des chômeurs risque donc d'augmenter dans les années
à venir. Et ce sont les communautés les plus récemment
arrivées qui sont les plus exposées au problème de
l'emploi. Ainsi, près de 9 actifs turcs sur 10 sont ouvriers
et 6 sur 10 non qualifiés. La proportion des chômeurs
n'ayant jamais travaillé est particulièrement importante
dans cette communauté. Les Marocains sont ouvriers à
80 % et près d'un actif sur deux n'est pas qualifié. Les
situations des populations algérienne, portugaise, et tunisienne sont comparables, avec environ 70 % d'actifs
ouvriers.

L'importance de la liaison formation-emploi est connue. Or, les étrangers sont à la fois ceux qui ont le niveau de formation le plus faible parmi ceux qui ont un emploi, et ceux qui sortent les plus démunis du système scolaire, et qui auront donc le plus de mal à trouver un premier emploi. Actuellement, 15,2 % des jeunes sans emploi sont étrangers, et ce sont les jeunes d'origine algérienne qui sont les plus exposés au chômage. On ne peut d'ailleurs que se réjouir de l'amélioration, constatée, de la situation de l'emploi des jeunes étrangers de moins de 25 ans, même si cette amélioration s'explique plus par les mesures sociales en faveur des jeunes que par l'accès à des emplois réels. Enfin, il faut rappeler l'importance de la population féminine étrangère disponible. Aujourd'hui, le taux d'activité est moins fort à âge égal chez les femmes d'origine étrangère que chez les femmes françaises. Mais cette situation pourrait rapidement évoluer; d'ores et déjà, 60 % des étrangers à la recherche d'un premier emploi sont des femmes.

Des conditions de logement inquiétantes

L'analyse des conditions de logement des étrangers, réalisée à partir des statistiques du Recensement, montre qu'entre 1975 et 1982 les étrangers ont bénéficié, comme les Français, de l'amélioration générale du parc immobilier. Ainsi, le nombre d'étrangers résidant dans les conditions plus ou moins précaires que sont les foyers, chambres meublées ou logements de fortune tend à régresser. Alors que 10 % des étrangers occu-

paient ce type de logement en 1975, ils n'étaient plus
que 6,5 % en 1982. L'analyse par communauté d'origine
fait, là encore, apparaître des disparités qui pèsent
toujours sur les mêmes. En 1982, 15 % des Algériens
étaient logés dans des conditions précaires. Parallèlement, les étrangers ont bénéficié de l'effort du parc
HLM puisqu'ils y occupaient, en 1982, 11 % des logements, alors qu'ils ne représentaient que 6,2 % des
ménages. Paradoxalement, les sociétés anonymes d'HLM
logent proportionnellement plus d'immigrés que les
offices publics.

Malgré ces améliorations notables, les étrangers restent
logés dans des conditions plus difficiles que les Français.
Moins souvent propriétaires et plus souvent logés par
leurs employeurs, les étrangers sont dans une situation
plus précaire. En 1982, plus de 50 % des Français étaient
propriétaires de leur logement, et 3,8 % d'entre eux
étaient logés par leur employeur. Chez les étrangers, les
proportions respectives étaient de 21 % et de 7,2 %.
Malgré une nette amélioration depuis 1975, les logements
des étrangers restent moins bien équipés que ceux des
Français. Ils sont moins souvent pourvus d'équipements
sanitaires, d'eau chaude, d'installations de chauffage
central. Les ressortissants algériens, portugais et espagnols occupent souvent les logements les moins bien
équipés. Au-delà de ces conditions qui tiennent aux
logements eux-mêmes, les étrangers sont plus souvent
logés dans les très grands ensembles. Ils sont 23 % dans
ce cas, contre 13 % des Français.

TABLEAU Nº 6

**Équipement des logements selon l'origine
du chef de famille**

		Eau courante	*Aucune installation d'eau courante*	*WC intérieur*	*Chauffage central*	*Téléphone*
Étrangers	1975	95 %		62,5 %	43 %	13 %
	1982	98,5 %	18,4 %	76 %	59,5 %	50 %
Français	1982	99,3 %	10,6 %	80 %	68 %	75 %

Source : INSEE.

Enfin, la différence la plus notable tient au surpeuplement. 43 % des logements occupés par des étrangers sont surpeuplés alors que la proportion n'est que de 14 % chez les Français. Cela marque néanmoins un progrès par rapport à 1975, où 48 % des logements étrangers étaient surpeuplés, et ce malgré la persistance de l'immigration familiale. Selon ce critère, les étrangers d'origine maghrébine et turque apparaissent, une fois encore, comme les plus défavorisés. Cette description établie au niveau national, qui montre incontestablement une amélioration du logement des étrangers, traduit mal la réalité plus préoccupante des régions où la présence étrangère est élevée.

Prenons l'exemple de la région Ile-de-France. L'évolution entre 1980 et 1983 du fichier des mal-logés fait

apparaître une augmentation plus rapide des étrangers
que des Français inscrits, et surtout une augmentation
d'étrangers « prioritaires » alors que le nombre de Français « prioritaires » s'est stabilisé. 10 % des étrangers y
vivent en foyers et 55 % des logements étrangers sont
surpeuplés. Les étrangers logés dans le parc des HLM
sont sous-représentés dans Paris et sur-représentés dans
la zone de la « Grande Couronne ». Ce sont encore les
étrangers qui occupent plus systématiquement les catégories inférieures des logements sociaux.

Plus généralement, les statistiques ne font pas apparaître les phénomènes de concentrations, caractéristiques
du logement des immigrés. On se trouve, en certains
endroits, face à de véritables ghettos dans certains quartiers centraux ou périphériques des grandes villes, où les
conditions de logement et l'environnement immédiat sont
particulièrement désastreux. C'est cette situation qui est
à la source des problèmes scolaires ou de délinquance
que l'on peut enregistrer.

L'école ne répond plus

La présence d'enfants étrangers dans la population
scolarisée semble se stabiliser. 1 081 000 étrangers ont
été scolarisés dans l'ensemble des établissements publics
ou privés pendant l'année 1984-1985. Ils étaient 1 062 000
en 1983-1984. Le nombre de ces élèves a, pour la
première fois, diminué en 1985-1986, alors qu'il était
auparavant, et depuis plus de vingt ans, en augmentation
régulière.

L'analyse par nationalité reflète l'évolution du phénomène migratoire. Les enfants d'origine maghrébine représentent maintenant plus de la moitié des enfants étrangers scolarisés. Le nombre d'enfants originaires de Turquie et de l'Asie du Sud-Est est en augmentation, et les enfants de nationalités sud-européennes ne représentent plus qu'un quart des élèves étrangers. La répartition géographique de ces enfants est particulièrement déséquilibrée, ce qui n'est d'ailleurs que la conséquence directe de la concentration, déjà décrite, des populations immigrées. A Paris, 26 % des enfants scolarisés dans le premier degré sont étrangers. Ils sont 21 % dans l'Académie de Créteil et 18 % dans celles de Lyon et Versailles. Ces situations moyennes dissimulent toutefois les effets conjugués de la carte scolaire et de la concentration des logements d'immigrés, qui conduisent à des taux de présence étrangère très élevés. Certaines écoles fonctionnent avec plus de 50 % d'étrangers.

La répartition par cycle scolaire illustre à la fois l'évolution de la démographie étrangère et ce qu'il est convenu d'appeler l'échec scolaire (cf. Annexes : tableaux nos 19 et 20). Les enfants étrangers fréquentent l'école maternelle dans les mêmes proportions que les enfants français. La quasi-totalité des enfants de 4 ans est scolarisée, et le niveau pré-élémentaire a accueilli 9,6 % d'étrangers, pendant l'année 1985-1986. Le cycle élémentaire comptait pour cette même année scolaire 10,9 % d'enfants étrangers. Leur moindre présence globale dans l'enseignement du second degré s'explique par leur moindre poids démographique dans les classes d'âge concernées. Ils représentaient, en 1985-1986, 7,1 % des effectifs totaux du 1er cycle et 6,2 % de ceux du second cycle, tous enseignements confondus. Ils constituaient, toutefois, 17 % des enfants scolarisés dans les sections d'enseignement spécialisé. Les statistiques générales, réalisées chaque année par le ministère de l'Éducation nationale, montrent que les enfants de nationalité étrangère réussissent globalement moins bien que les enfants français. En primaire, ils sont plus nombreux à redoubler au moins une classe. Ainsi, en 1982-1983, six ans après l'entrée en CP, 64 % des élèves français ont accédé à la classe de 6e, mais seulement 43,4 % des élèves étrangers. Après la scolarité en cycle élémentaire, les petits étrangers sont plus nombreux à être orientés vers un enseignement spécial. Le processus d'échec est le même dans l'enseignement secondaire. La moyenne d'âge est plus élevée lors de l'entrée en classe de 6e. Quatre ans plus tard on retrouve proportionnellement moins d'étrangers en classe de troisième. Les étrangers sont beaucoup plus nombreux à être orientés en fin de classe de 5e en cycle court, en vue de préparer un CAP ou un enseignement préprofessionnel.

Conséquemment, les élèves de nationalité étrangère sont sous-représentés dans les classes de seconde, première et terminale. Ils ne constituaient en 1982-1983 que 3,8 % de l'ensemble des élèves. Cependant, ce constat, très rapide, doit être affiné. Certains critères retenus pour mesurer le taux d'échec, comme l'orientation en cycle court, pourraient être contestés. En effet, la réussite ne peut être *a priori* exclue de ce type d'enseignement. Toutefois, le système scolaire français est ainsi fait que l'orientation en cycle court traduit, en général, non un choix de l'intéressé mais la sanction de ses mauvais résultats. Et il serait d'ailleurs intéressant de pouvoir appréhender le niveau atteint par l'ensemble des élèves que l'on exclut de l'enseignement général. Il est vrai que des réflexions commencent à être menées dans ce sens, et, selon les témoignages rapportés, le niveau atteint serait plus faible chez les enfants étrangers que chez les élèves français, dans la mesure où les premiers seraient plus nombreux à n'avoir acquis ni la maîtrise de la lecture, ni celle de l'écriture de la langue française.

Quoi qu'il en soit, l'échec scolaire apparaît plus lié à la catégorie socioprofessionnelle des parents qu'à leur nationalité, comme le montrent des études réalisées sur des échantillons limités d'enfants de catégories sociales défavorisées. Dans l'enseignement primaire, les taux d'échec seraient semblables pour les enfants français et pour les enfants étrangers nés en France. Seuls, les enfants étrangers nés à l'étranger rencontreraient plus de difficultés. Dans l'enseignement secondaire, les étrangers réussiraient légèrement mieux que les Français, quand ils sont nés en France. Enfin, on ne peut manquer de remarquer que les enfants étrangers sont, dans leur quasi-totalité, scolarisés dans l'enseignement public, ce qui représente des difficultés pour cet enseignement, mais peut également faciliter la mise en œuvre d'une politique scolaire.

Faut-il parler de « surdélinquance » ?

Les statistiques dont on peut disposer sur la population délinquante traduisent toutes une sur-représentation des étrangers, sans qu'il y ait aggravation du phénomène sur les dix dernières années (cf. Annexes : tableaux n°s 21 et 22). D'après les statistiques de la police judiciaire qui comptabilisent la population mise en cause, c'est-à-dire qui a fait l'objet d'une présentation à cette même police, le nombre d'étrangers concernés est passé de 130 876 en 1983 à 140 204 en 1984, puis à 130 597 en 1986. Le taux de délinquance qui en découle, c'est-à-dire le nombre de personnes mises en cause pour 1 000 habitants, traduit une sur-représentation étrangère dans la population délinquante. On comptait, en 1986, 13,35 délinquants pour 1 000 nationaux et 29,21 délinquants pour 1 000 étrangers. Les chiffres de la population carcérale traduisent la même sur-représentation. Dans les années récentes, on note 27 % d'étrangers sur les 74 365 entrées enregistrées en 1982, 28 % sur les 85 533 entrées de 1983 et 27,3 % sur les 42 758 entrées enregistrées dans les six premiers mois de 1984. La situation est cependant très différente d'une nationalité à l'autre et d'une région à l'autre. Ainsi, parmi la population étrangère masculine incarcérée en 1983, on trouve 74 % d'Africains, dont 45 % d'Algériens, et 19,3 % d'Européens dont 26,8 % de Portugais et 18,3 % de Yougoslaves. D'autre part, le taux de délinquance suit la concentration de la population étrangère. Les régions les plus concernées sont l'Ile-de-France, la région Rhône-Alpes et la région Provence-Alpes-Côte d'Azur. En 1984, 43,4 % des personnes mises en cause à Paris étaient étrangères, 32,5 % dans les Alpes-Maritimes, 32,3 % dans les Hauts-de-Seine, et près de 30 % dans le Rhône et la Seine-Saint-Denis. En 1986, les étrangers représentaient 36,14 % des délinquants à Paris, 35,24 % dans les Alpes-Maritimes et 32,89 % dans les Hauts-de-Seine.

La sur-représentation étrangère dans la population délinquante appelle plusieurs commentaires, qui ont trait aussi bien à la nature des délits qu'aux biais des statistiques ou encore aux rapports entre les étrangers et notre système répressif.

Depuis 1974, l'arrêt de l'immigration d'actifs et la lutte affichée contre l'immigration clandestine se sont traduits par une augmentation considérable du nombre de condamnations pour délit de séjour ou ayant trait au séjour. Ceux-ci constituent une part importante des délits imputables aux étrangers. 22 490 délits de séjour ont été recensés en 1984, ce qui concerne 17,5 % des étrangers mis en cause, soit presque 1 sur 5. La proportion était de 15 % en 1983. Or, la clandestinité n'est pas un délit de même nature que ceux concernant les atteintes à la sécurité et ce type de délit n'existait pas avant 1974. Ces chiffres traduisent l'évolution de la loi, les difficultés qu'il y a à contrôler les flux d'entrée, et non une augmentation de l'insécurité. En 1983, 21 % des étrangers incarcérés l'ont été pour des délits « d'entrée et de séjour irréguliers ». Il serait, à notre avis, raisonnable d'isoler ces délits de séjour des statistiques de la délinquance. D'autre part, on ne peut comparer, sans critique, les taux de délinquance français et étrangers qui sont établis comme étant le rapport entre le nombre de délinquants et la population totale de chaque communauté. Si le nombre de délinquants est parfaitement connu, il n'en est pas de même, comme on l'a vu, de la population totale étrangère. De plus, cette population est très différente de la population française, si l'on considère la répartition, par sexe, âge, catégorie socio-économique, niveau de formation ou autres critères qui influent sur la délinquance.

Ainsi, 71 % des étrangers incarcérés en 1983 étaient

célibataires, contre 66 % pour l'ensemble de la population pénale; 36 % étaient illettrés contre 13 %; 43 % étaient « sans profession » contre 39 %; enfin, la population étrangère incarcérée est sensiblement plus jeune que l'ensemble des entrants. Des études, encore trop peu nombreuses, ont été menées pour tenir compte de tous ces facteurs et aboutissent à des taux de délinquance sensiblement différents. Pour l'année 1984, le taux d'incarcération des étrangers est de 89,3 pour 10 000 si la population de référence est l'ensemble des étrangers de 13 à 69 ans. Il n'est plus que de 64,3 pour 10 000 si l'on prend en compte la structure par âge et sexe de la population de référence et si l'on exclut les délits de séjour. De la même façon, en 1982, le taux de mise en cause est de 35,6 % si la population de référence est la population étrangère calculée à partir du RGP; il est de 25 % si l'on prend la population étrangère estimée par le ministère de l'Intérieur et que l'on décompte les délits de séjour.

Enfin, sans nier l'importance de la population étrangère dans l'ensemble de la population délinquante, on ne peut passer sous silence les difficultés spécifiques des étrangers face à notre système répressif. Alors qu'ils ont des rapports plus difficiles que les nationaux avec la police, ils sont plus souvent exposés à son intervention, en particulier lorsque leur condition d'étranger est visible. Ainsi, les conflits qui peuvent trouver des solutions amiables quand les nationaux sont en cause, comme les rixes dans les cafés ou les petits vols dans les magasins, se soldent toujours par un appel aux forces de l'ordre quand un étranger est impliqué, et donc par une prise en compte statistique. Les études sur le sujet notent, enfin, que les étrangers sont plus exposés que les nationaux aux procédures de flagrant délit, en particulier les ressortissants maghrébins, et plus exposés, également, à la mise en détention provisoire. En effet, les étrangers ne peuvent, ou encore ne veulent pas fournir les garanties de représentation qui leur éviteraient une détention provisoire. Fournir une adresse, ou les coordonnées d'un emploi constitue toujours un risque pour l'étranger.

L'importance de la délinquance est un fait. Ces réflexions soulignent toutefois la prudence avec laquelle il faut utiliser les statistiques si l'on veut éviter d'encourager les confusions dangereuses et de se tromper dans les remèdes à y apporter.

Le cumul des handicaps fait des immigrés une catégorie sociale particulièrement exposée. La situation d'une part importante de la population d'origine étrangère et plus particulièrement d'origine africaine est en train de se détériorer : chômage croissant, délinquance importante et également, pour elle, insécurité croissante; il est grand temps d'intervenir pour éviter ce processus de marginalisation.

Compte tenu de l'échec scolaire, du niveau de chômage, de l'absence de qualification professionnelle, on peut estimer entre 300 et 500 000 le nombre de jeunes, français ou non, âgés de 15 à 35 ans, qui sont en voie d'exclusion totale.

CHAPITRE III

Les immigrés,
acteurs de la société française

Après avoir participé à la croissance économique de la France, les immigrés sont une composante importante de la démographie nationale. Les conséquences en matière de protection sociale sont loin d'être négligeables.

Les difficultés que rencontrent les immigrés vivant sur notre sol, et que nous venons de décrire, ne sauraient en quoi que ce soit se confondre avec une perception strictement négative de leur rôle dans notre société.

Paradoxalement, alors que l'intégration est en marche et que la communauté immigrée ou d'origine immigrée a participé et participe toujours, sans aucun doute possible, à la croissance française, la peur de l'immigré qui « coûte » prend dangereusement de plus en plus de place.

Dès que l'on aborde les questions proprement économiques et sociales, et bien que les informations et les systèmes de repérage dont on dispose ne permettent pas de dresser des bilans véritables, le besoin se fait sentir d'isoler les immigrés et de les enfermer dans des comptes spécifiques (santé, chômage, prestations familiales) dont l'équilibre interne à leur communauté légitimerait en quelque sorte leur présence. Face aux difficultés de financement du système de protection sociale, l'opinion publique semble de plus en plus sensibilisée à ce type de raisonnement, ce qui n'est pas sans inquiéter.

La protection sociale française est assise, non sur des critères de nationalité, mais sur des principes de territorialité auxquels s'ajoutent des principes d'égalité de traitement entre nationaux et non-nationaux, pour les prestations contributives. Ces principes d'égalité sont consignés dans des conventions de l'Organisation internationale du travail (OIT), dont la France est partie prenante.

En France, les étrangers résidents bénéficient, pour la totalité des prestations contributives et certaines prestations non contributives, des mêmes droits que les nationaux. Ils sont au même titre que les nationaux astreints à des cotisations qui leur ouvrent droit aux prestations d'assurance-maladie, d'assurance-chômage, d'assurance-vieillesse et d'assurance contre les accidents du travail. De plus, des conventions bilatérales viennent déroger au principe de territorialité et accorder, dans certaines conditions, le bénéfice de prestations, sans condition de résidence.

Les inégalités qui découlaient de cette obligation de résidence en France ont été à peu près gommées. Les ayants droit restés dans les pays d'origine peuvent par exemple bénéficier, dans les conditions en vigueur dans ces pays, de l'assurance-maladie ou du versement d'allocations familiales pour un maximum de quatre enfants. Les régimes de l'assurance-vieillesse ont eux aussi été adaptés aux mouvements de retour éventuels des travailleurs étrangers.

En revanche, les prestations non contributives, qui ne sont pas financées par des cotisations mais par les budgets de collectivités publiques, sont en principe inaccessibles aux étrangers. Toutefois, les prestations d'aide sociale à l'enfance sont attribuées sans condition de nationalité ou de régularité du séjour.

Selon une étude menée par des élèves de l'ENA en 1984, à laquelle de nombreux auteurs se sont référés, les immigrés cotisent plus aux risques vieillesse et maladie qu'ils n'en reçoivent, mais au contraire ont un coût supérieur à celui des Français pour les prestations familiales, le chômage, les accidents du travail et l'aide sociale. L'intérêt de l'étude n'est pas à mettre en cause, loin de là. Cependant, elle montre les limites de tels bilans, car ils traduisent d'abord les différences de structure et de comportement entre les deux populations, étrangère et nationale.

Ainsi, si l'on s'en tient aux allocations familiales, les étrangers qui ont proportionnellement plus d'enfants que les Français perçoivent davantage. De même, il n'est pas surprenant, puisque les immigrés sont plus exposés au chômage de voir apparaître un coût supérieur à celui des Français pour ce risque. En revanche, les comportements de consommation de santé ne s'acquièrent que lentement au fur et à mesure de l'intégration, ce que traduit l'excédent des cotisations immigrées sur les dépenses pour le risque maladie. De la même façon, les étrangers, qui occupent plus souvent que les Français des emplois où ils sont plus exposés aux accidents du travail, sollicitent davantage le risque « accident du travail ».

D'une façon plus générale, la prise en compte du temps est encore une fois nécessaire : lorsque l'immigration ne concernait que des travailleurs, la plupart du temps jeunes et en bonne santé, ils contribuaient de façon encore plus nette au financement des régimes français d'assurance-maladie et vieillesse. Leurs ayants droit, quand il y en avait, résidant encore dans les pays d'origine, coûtaient moins cher à nos régimes sociaux. Au contraire, si l'on regarde vers l'avenir, le poids des étrangers pour l'assurance-vieillesse, qu'ils restent en France ou non, compte tenu des engagements internationaux, ira croissant; leur poids dans l'assurance-maladie augmentera également probablement au fur et à mesure de l'adaptation de leurs comportements.

En ce qui concerne l'aide sociale, seules certaines prestations sont accordées aux immigrés. Il est bien évident que compte tenu de sa vocation même, l'aide sociale concernera davantage les immigrés. En effet, cette aide financée sur budget communal auquel participent, faut-il le rappeler, les non-nationaux est redistribuée en faveur des plus démunis.

On pourrait d'ailleurs, si le danger n'était pas grand, accentuer les différences en faisant des bilans par nationalités. Il serait facile de montrer que les nationalités les plus défavorisées accentuent les déficits de certains de nos budgets sociaux.

La situation que nous venons de décrire pourra apparaître à certains trop idyllique et loin de la réalité. Nous n'avons pas l'intention de passer sous silence les fraudes et abus dont on parle beaucoup. Cependant, nous souhaitons que soient bien distinguées la règle et l'exception. Les fraudes et abus existent, il faut trouver les moyens de les combattre. On connaît les allocations familiales versées à l'étranger pour des enfants qui n'existent pas.

On connaît les abus des congés de maladie pendant les séjours en pays d'origine. On connaît les étrangers qui se font soigner en hôpitaux publics sans payer leurs soins. En fait, on connaît sans connaître et c'est bien là la difficulté. Beaucoup d'études partielles ont été conduites sans qu'on puisse en tirer un bilan global. Ce bilan est pourtant nécessaire si l'on veut mettre fin à certains abus et mettre à l'abri de critiques injustifiées la grande masse des immigrés et de leurs familles parfaitement en règle.

N'oublions pas également que la résolution de fraudes ou d'abus relève dans bien des cas de négociations d'État à État. Ont-elles toujours été menées avec la vigueur nécessaire ?

Les immigrés, il faut le dire à nouveau, ont joué un rôle économique déterminant pendant la période de reconstruction, puis pendant la période de croissance et ils participent encore maintenant à la croissance de ce pays. Ils ont, par là même, acquis des droits qu'on ne saurait leur contester quand l'adaptation technologique les rend, plus que les nationaux, vulnérables. L'arrivée des familles a inévitablement alourdi les budgets sociaux. Mais comment nier leur rôle démographique : les 15 % de naissances d'origine étrangère ne peuvent-elles être un espoir pour demain, plutôt qu'une charge aujourd'hui ?

CHAPITRE IV

Quarante ans de mesures, pas assez de politique

Difficultés pour maîtriser le problème depuis 1945. Les mesures concernant l'immigration sont trop souvent prises au coup par coup, avec retard et sans référence à une vision d'ensemble.

Quand on s'intéresse aux politiques relatives à l'immigration, qui ont vu le jour depuis 1945, on est frappé par les difficultés rencontrées par les responsables pour maîtriser et quelquefois même appréhender la question. Quelle que soit la période choisie, le décalage entre les problèmes et la portée des décisions qui sont censées y répondre est constant et relativement troublant : dans un premier temps, de 1945 à 1974, on peut dire que malgré la volonté de maîtriser une immigration, recherchée au moins dans l'immédiat après-guerre, les flux d'entrée ont été la plupart du temps « subis ». L'arrêt de l'immigration, qui a eu le succès que l'on sait, n'a pas pour autant résolu la question immigrée qui mûrissait depuis le début des années soixante. L'échec de la politique de retour, dont les dirigeants de l'époque espéraient pourtant beaucoup, contraint tout un chacun, depuis le début de la

décennie quatre-vingt, à accepter l'évidence : les immigrés
et leurs familles, dans leur grande majorité, sont désormais partie intégrante de la société française.

Le redressement de la France après 1945 nécessite
l'appel aux étrangers, chacun à l'époque en est convaincu.
L'ordonnance du 2 novembre 1945 relative aux conditions d'entrée et de séjour des étrangers en France crée
l'Office national de l'immigration à qui elle confie le
monopole des opérations de recrutement des travailleurs,
de leur introduction en France, ainsi que celle de leurs
familles à partir de 1946. Or, dès cette époque, l'immigration va échapper à l'ONI. Alors qu'on souhaite la
venue des Italiens, que l'on connaît déjà, ce sont les
Algériens qui viennent et qui, parce qu'ils bénéficient de
la liberté de circulation sur le territoire métropolitain,
n'ont pas recours à l'ONI. Parallèlement, parce que les
procédures administratives de l'ONI sont lourdes et que
les besoins économiques sont réels, les candidats à l'immigration et les employeurs court-circuitent l'organisme
officiel, qui devient peu à peu un office de régularisation,
plus qu'un office de recrutement. Les clandestins sont là
et la régularisation, non prévue par les textes, va devenir
la règle.

Cette procédure restera la plus utilisée, pendant toute
la période d'expansion de l'immigration (entre 1965 et
1968, le taux des régularisations de l'ONI atteignait
80 %), et elle est toujours vivante, nous l'avons vu dans
le chapitre I. Les nouvelles communautés se sont donc
installées en France au fil des années, dans des conditions
tout à fait anarchiques. Et ce, pendant près de vingt
ans. Ce n'est qu'à la fin des années soixante que les
responsables gouvernementaux ont cherché à endiguer

les flux qui, loin de se tarir, étaient encore en augmentation. D'autant plus que la France avait dû accueillir, au début de la décennie, tous les rapatriés venant d'Algérie.

C'est dans ce contexte que sera signé, le 27 décembre 1968, l'accord franco-algérien qui privilégie la situation des Algériens en France par rapport à celle des autres étrangers, en contrepartie d'un contingentement des entrées, fixé à 35 000 travailleurs sur trois ans.

La circulaire Marcellin-Fontanet du 23 février 1972, qui entendait supprimer toutes mesures de régularisation, a certes été suivie d'effets puisqu'elle a permis de les réduire de moitié. Elle est toutefois devenue caduque au moment de la décision d'arrêt de l'immigration du travail de 1974, avant d'être annulée par le Conseil d'État en janvier 1975. Depuis 1974, l'immigration des actifs a considérablement diminué, nous l'avons déjà rappelé. Les politiques de contrôle sont dès lors d'un autre ordre : elles sont en quelque sorte à double sens. On continue de contrôler les entrées pour les réduire au minimum, mais on contrôle maintenant la régularité du séjour dans le but de renvoyer les contrevenants. Les trois dernières lois adoptées depuis 1980 sur le sujet ont toutes la même optique, même si elles n'ont pas le même degré de sévérité. Leur existence et leur fonctionnement attestent d'ailleurs de la permanence de la clandestinité.

Il serait certes hâtif de considérer que les politiques relatives à l'immigration se sont limitées au simple contrôle depuis 1945. Il serait également injuste de n'expliquer les difficultés d'aujourd'hui que par les seules faiblesses ou insuffisances de ces politiques. Accepter les étrangers est plus difficile pendant les périodes de récession que pendant les périodes de prospérité, et d'autant plus difficile, même si cela paraît paradoxal, qu'ils commencent à s'intégrer, parce qu'ils entrent réellement en concurrence avec les nationaux.

Toutefois, on peut penser qu'il aurait été possible de faire mieux, et espérer trouver dans cette analyse les moyens d'élaborer et de mettre en œuvre une politique adaptée à la question immigrée telle qu'elle est posée aujourd'hui.

Aucune structure administrative n'a pris en charge la question de l'immigration avant 1966, année où le gouvernement crée la Direction de la population et des migrations (DPM) au sein du ministère des Affaires sociales. A l'époque, l'immigration existe depuis vingt ans, bat son plein depuis plus de dix ans, et les familles rejoignent les travailleurs depuis déjà longtemps; 70 000 enfants d'étrangers naissent chaque année en France, les nationalités d'origine se sont déjà diversifiées, on ne semble pas encore avoir découvert les bidonvilles, la France est prospère.

Malgré la création de la DPM, qui laisse à penser que les gouvernants entrevoient une réalité nouvelle, l'immigration sera encore longtemps traitée par les responsables politiques sous son seul aspect d'immigration du travail. Il est vrai que c'est ce caractère qui détermine tout, mais, comme on le sait, son arrêt en 1974 n'a pas empêché la population étrangère d'être toujours en augmentation plus de dix ans après. La DPM sera ainsi, pendant une longue période, rattachée au ministère du Travail. Depuis 1981, et encore après le changement de majorité en 1986, elle fait partie du ministère des Affaires sociales. De même la première instance ministérielle

spécifique du problème a été, en 1974, le secrétariat
d'État aux travailleurs immigrés, qui est devenu le secrétariat d'État à la condition des travailleurs manuels en
1977, toujours dépendant du ministère du Travail. En
1981 et jusqu'en 1984, un secrétaire d'État placé sous
l'autorité du ministre de la Solidarité nationale coor-
donne la politique d'immigration. Depuis 1986 la question est traitée par le ministre des Affaires sociales.

Les différents secrétariats d'État, quand ils ont existé,
ont élaboré des politiques qui, il faut le reconnaître, ne
se sont pas limitées au seul aspect du travail. Et chacun
admet volontiers que l'existence de telles instances ministérielles a été plus positive que négative.

Ainsi, avant 1974, en dehors des mesures de contrôle
qui, il faut le répéter, n'ont pas permis la maîtrise
souhaitée du phénomène, on se préoccupe peu des conditions d'existence ou du devenir des immigrés. Le Fonds
d'action sociale (FAS) qui a été créé en 1958 pour agir
en direction des musulmans venus d'Algérie a vu ses
compétences étendues à l'ensemble des populations
immigrées en 1964 seulement. Le problème du logement
des immigrés n'a été, en quelque sorte, reconnu qu'en
1966 lors de la création de la Commission nationale du
logement des immigrés (CNLI) dotée de moyens financiers, et les bidonvilles n'ont commencé à disparaître
qu'au début des années soixante-dix.

La prise de conscience du problème immigré semble
brutale. Elle apparaît avec la décennie soixante-dix et
les secousses de la société française. Après la guerre
d'Algérie, les événements de 1968, la remise en cause
profonde des valeurs y compris économiques à travers
la montée du chômage, la France prend conscience d'une

forte présence étrangère mais est encore loin d'admettre qu'elle se construit avec ces étrangers.

La période de la fin des années soixante et du début des années soixante-dix se caractérise par l'indifférence de l'opinion en matière d'immigration et des flux d'entrée particulièrement importants.

C'est à partir de 1974 que commence à se dessiner une politique, non plus d'« immigration », mais en direction des immigrés. Les réflexions qui sont alors menées au niveau gouvernemental commencent à prendre en compte la réalité de l'installation déjà ancienne des immigrés et de leurs familles sur le territoire français. Cependant, les « solutions » choisies veulent davantage répondre aux problèmes de la société française, et en premier lieu à celui de la dégradation de l'emploi. Et à l'époque, l'espoir reste le départ des immigrés. On pense les faire repartir : on met en place l'aide au retour (10 000 F); la scolarisation des enfants est pensée en fonction d'un probable retour, etc.

Mais décidément, quel que soit leur sens, les mouvements humains sont difficilement contrôlables. Les immigrés ne partent pas en masse et malgré l'arrêt de l'immigration du travail, la population étrangère augmente encore, contrairement à toute attente.

Ils resteront, ils s'intègrent, ils sont de la société française, voilà la réalité des années quatre-vingt. Le temps fait son œuvre, et une fois encore, la France s'enrichit du renouvellement des populations étrangères dont elle a eu, auparavant, besoin. A cette époque, la politique d'immigration mise en place par le gouvernement prend en compte cette réalité. Les mesures adoptées concernant, par exemple, les titres de séjour et de travail valables dix ans reconnaissent de fait aux immigrés qui sont en France depuis déjà longtemps le droit d'y rester. Les mesures de contrôle et de retour existent toujours, mais la question de l'insertion ne peut plus être ignorée. La « question immigrée » commence, enfin, à être posée en tant que telle. C'est ainsi que, à la demande d'un certain nombre de parlementaires, un débat sur l'immigration a eu lieu le 6 juin 1985, au cours duquel le ministre en charge du problème put exposer la politique du gouvernement en la matière. Ce sera, sur ce sujet, le seul débat général tenu, au fond, en dehors de toute mesure législative spécifique concernant les immigrés depuis 1945. Faut-il ajouter que seuls sept ou huit députés étaient encore dans l'hémicycle à la fin du débat?

Depuis, on ne peut que déplorer que les dispositions, d'ailleurs plus restrictives, adoptées ou proposées en direction des étrangers, l'aient été, encore une fois, en dehors de toute réflexion d'ensemble.

Force est de constater que l'immigration et ses problèmes ont été mal perçus, et en conséquence fréquemment mal abordés et mal maîtrisés pendant cette longue période de quarante années. Plus que d'accuser, il s'agit de comprendre et d'éviter qu'une société en crise ne bascule dans un comportement de rejet, qui sera nécessairement violent, faute d'avoir su mettre en place une politique adaptée.

Incontestablement, jusqu'au début des années soixante-dix, la prospérité dans laquelle vivait la société française a masqué les problèmes et la nécessité de choix politiques, alors même que les inégalités allaient croissant.

Il faut se souvenir des conditions de vie des immigrés à l'époque.

Parallèlement, alors qu'on avait recours massivement aux administrations dites de missions, plus souples, plus décentralisées, et donc mieux adaptées que les administrations classiques, pour aborder les questions de société, comme l'environnement, l'aménagement du territoire ou d'autres, il n'en a rien été pour l'immigration. Il n'y a pas eu, par exemple, d'« Agence de l'immigration ». La question immigrée n'était pas considérée comme question de la société française. Les étrangers n'étaient pas considérés comme une composante de la société française et consciemment ou inconsciemment, leur départ restait une solution aux problèmes. Et pourtant, leur installation en France était déjà manifeste.

La question immigrée est en quelque sorte née avec la crise de la société française et à cause d'elle.

CHAPITRE V

Les fausses solutions

Il n'y a pas de renvoi possible. Les mesures de contrôle, nécessaires, ne concernent qu'une très faible partie de la population étrangère. L'incitation au retour trouve très vite ses limites car elle suppose le volontariat.

La « question immigrée » devient le point de fixation des problèmes actuels de la société française. Accusés à la fois de « prendre le travail » et d'être chômeurs, premiers mis en cause quand il s'agit de l'insécurité, les immigrés doivent aussi endosser la responsabilité de la médiocrité du niveau scolaire dans les écoles où leurs enfants sont présents. Ils vivent dans un contexte ambigu de volonté d'insertion et de rejet mêlés. La montée des discours et des comportements « racistes », la succession de décisions législatives, prises en dehors de toute politique d'ensemble, accentuent le sentiment de précarité et les mettent dans l'incapacité de bâtir le moindre projet pour eux et leurs enfants, en France ou ailleurs.

Plus que jamais, la clarté s'impose quant à la politique qui doit être mise en place.

Peut-on les renvoyer ?

Un renvoi massif, hors des frontières, et nécessairement violent, n'est pas imaginable en France. Nul d'ailleurs ne le réclame vraiment.

Certes, la présence structurelle des immigrés dans
certains secteurs de l'économie comme le BTP ou les
industries de biens intermédiaires, pour ne citer que
ceux-là, et les solidarités existantes avec une part de la
population française constituent des contraintes de taille.
La France est, de surcroît, liée par ses engagements
internationaux. Mais plus encore, c'est la rupture avec
les traditions et le passé de la France, pays des droits
de l'homme et terre d'immigration, qui rend une telle
politique inimaginable. Encore faut-il que cela soit manifeste dans les décisions ou attitudes à l'égard des
immigrés.

En effet, que cherche-t-on lorsqu'on envisage de limiter
l'accès à la nationalité française à des jeunes nés ou
élevés dans notre pays? Que penser des refus d'inscrip-
tions d'enfants de nationalité étrangère dans certaines
écoles ou de la volonté d'attribuer des allocations, sur
des fonds publics, aux seuls ressortissants français? Quel
avenir dans ce pays pour des jeunes trop souvent soumis
à des contrôles non motivés sinon par la visibilité de leur
condition d'étrangers?

Si la finalité de telles décisions est le départ des
étrangers, il faut le dire : elles sont en effet source
d'insécurité aussi bien pour les communautés immigrées
que pour l'ensemble de la société française. L'attitude

vis-à-vis des étrangers doit être nette et les décisions qui en découlent sans ambiguïté, afin d'éviter une situation malsaine où l'insécurité domine.

Le rejet étant exclu, une politique d'immigration comporte, selon nous, trois composantes : le contrôle, le retour, l'insertion. Compte tenu de la situation que nous avons exposée, d'une population étrangère relativement nombreuse, en voie d'installation, qui se renouvelle sur notre sol et se mêle, de fait, à la population française, les mesures de contrôle et de retour, si nécessaires soient-elles, ne sauraient représenter les solutions. Au contraire, l'effort doit porter sur l'insertion, qui est déjà en marche, même si elle reste « subie » et repose, en pratique, sur les seuls Français les plus défavorisés.

La limite des politiques de contrôle

Depuis 1980, trois lois concernant les conditions d'entrée et de séjour des étrangers ont été tour à tour votées par les Assemblées : la loi du 10 janvier 1980 dite « loi Bonnet » du nom du ministre de l'Intérieur de l'époque. Puis la loi du 29 octobre 1981. Enfin la loi actuellement en vigueur du 9 septembre 1986.

Par leur nature même, ces lois ont leurs propres limites, et les discours sur la lutte contre la clandestinité enfin efficace, ou les mouvements de populations enfin maîtrisés, sont encore loin de la réalité. Les mesures de police, si nécessaires soient-elles, qu'elles s'adressent aux étrangers qui veulent entrer dans notre pays ou à ceux qui y résident, ne résolvent pas tout et les évolutions observées depuis l'arrêt de l'immigration du travail en 1974 obligent à un certain nombre de réflexions.

La maîtrise des flux d'entrée doit être replacée dans le contexte plus général de la circulation des personnes. La France n'a plus une totale liberté d'action en la matière : la mise en place d'une zone européenne de libre circulation rend nécessaires le contrôle de la circulation avec les pays tiers et une harmonisation des politiques de visa. C'est ce que stipulent les récents accords entre la RFA et la France (accord de Sarrebruck) entre la RFA, les pays du Benelux et la France (accord de Schengen du 14 juin 1985) dans lesquels les pays signataires se sont engagés à instaurer l'établissement de visas avec les pays présentant des risques d'immigration irrégulière. La France s'est ainsi engagée lors de ces accords, à établir l'obligation de visas avec les pays d'Afrique francophones et les trois pays du Maghreb. Une telle politique est difficile à mener car toujours mal ressentie par les pays tiers, et ne peut être envisagée que dans un contexte de réciprocité. L'obligation de visas d'entrée pour les ressortissants de certains pays, qui est actuellement en vigueur, n'a été motivée, au moins officiellement, que par la montée des actes terroristes pendant l'année 1986, et non par une volonté de mieux maîtriser les flux migratoires.

Le risque est que cette situation rigidifie les mouvements naturels de population dans les deux sens avec les pays concernés, en particulier les pays du Maghreb. Or, la maîtrise des flux migratoires ne signifie pas leur tarissement : la circulation des personnes actives est pour les économies de même nécessité que la circulation des marchandises. C'est bien ce que traduit la législation

française qui n'interdit pas aux étrangers le travail en
France, mais leur impose d'en recevoir l'autorisation
avant de quitter leur propre pays. Depuis 1984, cette
obligation s'étend aux familles qui souhaitent se regrouper et résider en France.

Pour bénéficier de cette autorisation, qui constitue la
seule procédure légale d'installation en France, dite procédure « d'introduction », le ressortissant étranger doit
satisfaire à des conditions précises. Les conditions ont
trait à l'existence de contrat de travail, de ressources,
ou de logement en France. Pendant l'année 1986,
1 700 travailleurs ont été « introduits » par l'ONI.
Remarquons qu'ils provenaient en majorité de pays développés.

Officiellement, la procédure de régularisation *a pos-
teriori,* grâce à laquelle les étrangers font régulariser
leur situation, après une période plus ou moins longue
de clandestinité, n'existe plus. En fait, la réalité est tout
autre. Pendant cette même année 1986, 4 700 travailleurs
ont vu leur situation régularisée, après leur entrée en
France.

Parallèlement, en 1985, 15 314 personnes sont entrées
légalement en France au titre du regroupement familial
alors que 17 198 autres ont fait régulariser leur situation.

Cela montre les limites d'une telle législation. Les
conditions restrictives à l'installation des familles ont
sûrement un effet dissuasif, elles n'empêchent pas l'arrivée clandestine de certaines d'entre elles qui ne se
présenteront que lorsqu'elles pourront satisfaire aux critères demandés.

D'autre part, l'arrivée de travailleurs clandestins, dans
un climat de contrôles d'entrée toujours renforcés, oblige

à réfléchir au-delà des questions juridiques. Les études économiques menées sur la question de la clandestinité montrent l'importance de l'économie souterraine dans l'économie française et concluent à l'existence d'un véritable marché de l'emploi des clandestins, « rentable » pour leurs employeurs. Peut-on réellement lutter contre la clandestinité et le travail clandestin uniquement par des mesures de sanctions aux infractions sur les conditions de séjour quand des secteurs importants de l'économie française – habillement, BTP, restauration, hôtellerie, travaux agricoles ou domestiques – fonctionnent grâce à eux?

Cela dit, il convient de réagir car on connaît trop les risques de la clandestinité. Le maintien des populations clandestines dans un contexte d'insécurité totale, la mise en place de réseaux, certains parlent même de maffias, dont elles sont totalement dépendantes, créent des situations d'extrême vulnérabilité dont les clandestins sont les premières victimes. Dans un tel contexte, la lutte contre la clandestinité s'impose. Encore faut-il que les objectifs visés et les modalités d'application des mesures prises soient bien définis.

La loi du 9 septembre 1986 constitue, personne ne le nie, un durcissement par rapport à la législation antérieure. Dès son entrée en vigueur, son application quelque peu voyante a pu soulever des inquiétudes. Faute d'être complètement informée, une partie de l'opinion s'est interrogée sur la nature des délits incriminés et les conditions dans lesquelles les arrestations et les renvois ont eu lieu. En fait, le bilan matériel semble modeste. Si l'on s'en tient en effet aux reconduites à la frontière, qui sont les seules mesures pour lesquelles nous avons pu obtenir des statistiques depuis l'entrée en vigueur de cette loi, leurs chiffres ont doublé. Le rythme de 5 000 reconduites à la frontière en six mois, est passé, sous l'effet de la nouvelle loi à 5 000 reconduites en trois mois, sans qu'il soit possible de se prononcer sur la durée du phénomène.

Enfin, dans ce contexte de contrôle, le débat a également été ouvert sur les missions de la police, de l'administration et de la justice. Bien sûr, soumettre les décisions relatives aux expulsions ou reconduites à la frontière à l'autorité judiciaire permet aux intéressés de bénéficier d'une défense, et l'avantage n'est pas mince, mais dans le climat actuel, incertain et évolutif, il apparaît urgent de réaffirmer, aussi, la responsabilité politique : les administrations et les services de police ne sauraient être seuls mis en cause en cas de dérapage ou lorsque la loi est ambiguë ou silencieuse, et donc à interpréter. Il appartient au Parlement, chargé du contrôle de l'exécutif, et pas seulement du vote des lois, de se tenir régulièrement informé des conditions de leur application et d'en informer l'opinion. Ce contrôle pourrait se faire dans le cadre d'une Commission parlementaire spécialisée, dotée d'un pouvoir d'autosaisine ou, au moins dans un premier temps, dans le cadre d'un rapport annuel au Parlement sur la question immigrée.

Les mesures de contrôle sont une nécessité, personne ne cherche à le nier. Toutefois, on peut regretter que seul cet aspect du problème de l'immigration ait fait l'objet de débats au Parlement. Les mesures d'arrêt de l'immigration du travail, aux entrées clandestines près, ont été suivies d'effet. Mais force est de reconnaître que les effectifs concernés par les mesures de reconduite ou d'expulsions restent marginaux par rapport au nombre total d'étrangers vivant en France. La question immigrée ne sera pas résolue par des mesures de police.

Le cas particulier des réfugiés politiques appelle quelques commentaires. Attachée à ses traditions et liée par ses engagements internationaux, la France accueille régulièrement des ressortissants étrangers victimes de violence dans leur propre pays. L'inflation récente des demandes d'asile politique pose quelques problèmes. En 1973, 1 620 demandes étaient enregistrées par l'OFPRA. En 1976, les 18 478 demandes enregistrées s'expliquaient avant tout par la situation politique des pays d'Asie du Sud-Est. Le nombre de ces demandes qui s'est ensuite stabilisé, est passé à 28 890 en 1985; l'OFPRA a enregistré en 1986 près de 30 000 demandes. L'étranger demandeur d'asile qui se présente dans une préfecture se voit accorder un titre de séjour valable un mois, portant la mention « a demandé l'asile » et ne donnant pas autorisation de travail. Il doit, pendant ce temps, faire une demande officielle à l'OFPRA. Dès réception de la demande par l'OFPRA, il bénéficie de titres de séjour et de travail. Si la décision est défavorable, le demandeur peut faire un recours devant la Commission des recours des réfugiés; il conserve alors ses titres de séjour et de travail jusqu'à la décision de la Commission.

L'inflation récente des demandes s'est rapidement traduite par un engorgement des services de l'OFPRA et un accroissement considérable des délais de décisions, qui maintenant peuvent être de deux ans ou plus. Le pourcentage croissant des refus de statut de réfugié (4,6 % en 1979, 14,6 % en 1980, 34,7 % en 1984), refus confirmés à 95 % par la Commission des recours, mérite que l'on s'interroge. Tout porte à croire qu'il y a détournement de procédure plus ou moins organisé de la part des demandeurs. La demande d'asile devient le moyen d'échapper aux contraintes de la législation relative aux étrangers. Il est en effet difficile de renvoyer des individus qui, bien que n'ayant pas droit au statut de réfugiés, ont séjourné, deux ans ou plus en France, y ont travaillé et de fait établi des liens.

Il est urgent d'intervenir si l'on ne veut pas pénaliser ceux qui ont besoin de l'accueil de la France et si l'on veut faire cesser le climat qui s'installe peu à peu où les réfugiés et demandeurs d'asile deviennent tous suspects au point de ne même plus pouvoir se présenter à la frontière. En premier lieu, il convient de tout faire pour réduire considérablement les délais et enrayer le processus actuel qui rend le système de plus en plus attractif pour des populations qu'il ne concerne pas. Un apport temporaire d'effectifs à l'OFPRA doit être envisagé. Le besoin est criant : au 31 décembre 1985, près de 10 000 dossiers restaient à traiter à la division du contentieux qui, avec ses effectifs actuels, en traite un peu plus de 5 000 par an. Et la situation ne s'est pas améliorée depuis, malgré les gains de productivité obtenus par la modernisation des services.

Enfin, sans porter aucunement atteinte au droit du recours, on peut s'interroger sur le bien-fondé d'un système qui permet, après une décision négative de l'OFPRA et de la Commission, de pouvoir présenter une nouvelle demande, avec tous les droits qui y sont assortis.

Le retour a aussi ses limites

Une politique de retour ne saurait avoir pour objectif le départ massif des immigrés, puisqu'elle est fondée sur le volontariat. L'exemple récent de la RFA le montre bien : la politique menée en 1983 en direction des populations turques, qui se voulait quantitativement très efficace, s'est traduite par le départ de quelques dizaines de milliers de personnes.

Les politiques incitatives mises en place en France depuis 1977 ont presque toutes été liées à une situation d'échec économique. Leur bilan est difficile à cerner.

Ainsi, le premier dispositif, en date du 30 mai 1977, s'adressait à l'origine aux chômeurs étrangers, bénéficiaires d'allocations de chômage. Il a été étendu rapidement à l'ensemble des chômeurs et aux travailleurs salariés volontaires. Entre le 1er août 1977 et le 31 décembre 1981, près de 100 000 personnes ont quitté la France, dont 50 % de salariés et seulement 14,2 % de chômeurs, et 36 % de femmes et d'enfants. Ce ne sont donc pas les chômeurs qui ont semblé le plus intéressés par cette mesure qui a permis le départ de 20 000 personnes par an en moyenne.

L'accord franco-algérien du 18 septembre 1980, qui comportait différents types d'aide exclusifs les uns des autres (allocation, formation, aide à la création d'entreprise), s'est traduit par le départ de 50 000 personnes, dont 26 400 actifs, entre le 1er janvier 1981 et le 29 février 1984. Il faut noter que seule l'allocation-retour a été demandée, ce qui peut s'expliquer par la difficulté pour ces travailleurs, de bâtir des projets et donc d'avoir besoin d'une formation. 15 000 personnes sont parties annuellement au titre de cet accord.

Le décret du 27 avril 1984 a créé une aide à la réinsertion de travailleurs étrangers privés d'emploi, financée conjointement par l'État, le régime d'assurance-chômage et l'employeur. Au 31 mars 1986, 17 751 dossiers avaient été menés à terme, correspondant au départ de 40 600 personnes, soit une moyenne annuelle de 20 000 personnes. Mais les statistiques font apparaître, en cette fin d'année 1987, un net ralentissement du dispositif.

Ces politiques sont réputées coûteuses. Cela n'est pas certain. Il ne semble pas qu'un véritable calcul économique faisant apparaître en comparaison, les coûts d'indemnisation du chômage, d'allocations et d'éventuelles libérations d'emplois, ait été mené. Reste un doute sur l'efficacité réelle des politiques d'incitation au retour, dans la mesure où l'on ne sait pas si les départs comptabilisés auraient existé sans elles. Les départs suscités ne représentent qu'environ un quart des départs annuels estimés.

Pour l'avenir, il est difficile de prévoir les comportements. La scolarisation des enfants en France incite plutôt à « penser l'avenir » en France. Les femmes, qui appréhendent le retour dans un pays qui leur fait peu de place, envisagent plus facilement l'installation en France. En revanche, l'existence de liens étroits avec le pays d'origine (voyages fréquents, famille...) favorise l'idée de retour.

Toutefois, même si le retour est envisagé ou souhaité, il faut savoir qu'il ne se fera pas s'il n'est pas accompagné d'un sentiment de réussite. Et c'est dans cette optique que doit être conçue une politique de retour : permettre à l'immigré qui le souhaite de revenir dignement dans son pays. Enfin, une telle politique doit être détachée du contexte économique français : la politique de retour ne doit pas être envisagée comme la solution du problème du chômage en France. Elle devrait viser l'ensemble de la population immigrée, chômeurs ou non, et dépasser le stade de l'aide individuelle pour s'inscrire dans le cadre plus large d'une politique de coopération en faveur du développement des pays d'origine.

Nous avons eu connaissance, dans nos entretiens, de projets qui mériteraient d'être étudiés, que ce soit pour la construction de logements sociaux ou la formation de travailleurs étrangers en fonction des besoins des pays de retour. On pourrait ainsi étudier la création de « sociétés d'aide au retour », sur le modèle des « sociétés de conversion ». De telles sociétés pourraient être financées par les régions, entreprises ou branches ayant profité de l'apport des étrangers, et pas uniquement par l'État.

Qu'elles portent sur le contrôle ou le retour, les mesures que nous avons évoquées ne sauraient constituer des solutions au problème de l'immigration. Il convient de le dire à nouveau. Inévitables pour certaines, nécessaires ou souhaitables pour d'autres, elles ne s'adressent qu'à des effectifs faibles d'une population qui vit ici et pense son avenir ici. De telles mesures pourraient-elles concerner les 90 000 enfants d'étrangers qui naissent chaque année sur notre sol? Vraisemblablement pas, et c'est pour eux que doit être maintenant pensée la politique d'insertion.

CHAPITRE VI

L'insertion : subir ou agir

C'est l'aspect essentiel de la question immigrée, trop long-
temps négligé. La réforme du code de nationalité ne peut
être qu'un moyen au service d'une politique et non une
politique en soi. Avec 2,5 millions de musulmans, français
ou non, la France est directement concernée par l'Islam et
son évolution. L'insertion suppose également que soient
réussies les politiques de l'école, du logement et de la
formation professionnelle.

Les départs d'étrangers du territoire français, qu'ils
correspondent à une décision unilatérale de l'État français ou à une décision volontaire des individus, nous
l'avons vu, ne concernent qu'une faible partie de la
population immigrée.

Il faut admettre que dans sa grande majorité la population d'origine étrangère s'installe en France, en famille.
Si l'on veut assurer une coexistence harmonieuse des
diverses communautés, cette réalité impose une politique
d'insertion active des ressortissants et de leur descen-
dance, qui, pour nous, comporte trois composantes.

La tradition française en matière d'insertion a été
d'ouvrir largement aux étrangers l'accès à la nationalité
afin d'en faire rapidement des Français. Il ne semble

historiquement la France ait été capable de vivre de façon durable avec de trop nombreux ressortissants étrangers sur son sol. Il importe d'en tenir compte dans la réflexion sur le code de nationalité.

La France a déjà été confrontée à une présence massive d'étrangers, mais la question a aujourd'hui un aspect nouveau : les populations concernées, principalement maghrébines, nous sont lointaines par leur culture et leur religion. Encore faut-il ne pas grossir artificiellement le problème, et se souvenir que les populations d'origine européenne, que l'on considère aujourd'hui assimilées parce qu'assimilables, ont elles aussi vécu difficilement lors de leur arrivée, dans un climat de rejet et d'exclusion. Il suffit de se rappeler les réactions parfois violentes qui accompagnèrent, dans les années vingt, l'arrivée massive des Italiens dans le midi de la France. Toutefois, on ne peut nier aujourd'hui l'inquiétude face à l'Islam, née à la fois de sa méconnaissance, de la montée en puissance de son rôle international, et des tensions que l'on peut observer en son sein. Il est donc urgent de déterminer les rapports que la société française entend mener avec la religion musulmane, devenue la seconde religion pratiquée en France.

Enfin, on ne peut espérer mener à bien l'insertion de ces populations sans agir pour faciliter la coexistence avec la population française. Les facteurs d'exclusion, nous l'avons montré, sont nombreux – école, logement, formation... – et, s'ils ne concernent pas uniquement les populations étrangères ou d'origine étrangère, celles-ci y sont particulièrement exposées. Les actions qui s'imposent constitueront le troisième volet de notre réflexion sur la politique d'insertion.

Quelle nationalité?

Établies au XIXᵉ siècle, les règles fondamentales d'accès à la nationalité française n'ont jamais été remises en cause par les modifications, peu fréquentes, du code de nationalité. Pour des raisons d'intérêt national, militaires au XIXᵉ siècle, puis démographiques au XXᵉ siècle, l'évolution s'est d'abord faite dans le sens de l'élargissement de l'accès à la nationalité française. A partir de 1945, les modifications apportées au code de nationalité répondaient davantage à un souci d'égalité entre les sexes et de responsabilité des individus concernés.

En 1804, le Code civil fait du droit du sang la seule cause d'attribution de la nationalité française à la naissance, la naissance en France ne donnant alors que le droit à demander la nationalité française à la majorité. Puis, la loi du 7 février 1851 réintroduit la règle du double droit du sol, supprimée par le Code civil, qui permet à tout enfant, né en France d'un père étranger lui-même né en France, d'être français à la naissance.

Ces deux modes d'attribution de nationalité française n'ont jamais été remis en cause depuis.

Il faut attendre la fin du XIXᵉ siècle et la loi du 26 juin 1889 pour que soit mis en place le régime de l'acquisition automatique de la nationalité à la majorité, si la naissance a eu lieu en France et si l'individu y réside toujours à sa majorité. Cette loi élimine toute faculté de renonciation à la nationalité française prévue dans la loi de 1851. Le souci, à l'époque, était d'ordre militaire. Il fallait répondre aux besoins en hommes et éviter que les jeunes d'origine étrangère ne se dérobent au devoir, envers un pays qui les avait accueillis depuis leur naissance.

Les modifications les plus importantes apportées au code de nationalité depuis le début de ce siècle, ont eu lieu avant 1945. Ainsi, la loi du 10 août 1927 extrait les questions de nationalité du Code civil, codifie la jurisprudence, assouplit les conditions de nationalisation et permet aux femmes mariées à des ressortissants étrangers de garder la nationalité française et de la transmettre à leurs enfants nés en France. Le code de la nationalité française de 1945 conserve les régimes antérieurs mais dissocie le droit du sol et le droit du sang. Ainsi, tout enfant légitime né d'un parent français est français, quel que soit le lieu de sa naissance. Le code prévoit l'acquisition automatique de la nationalité française pour toute femme épousant un Français.

Depuis cette date, peu de changements sont intervenus. La loi du 28 juillet 1960 concerne les effets sur la nationalité française de l'accès à l'indépendance des anciens territoires d'outre-mer. La loi du 9 janvier 1973 établit l'égalité entre époux, d'une part, et entre enfants légitimes et naturels, d'autre part, face au régime de la nationalité. Plus récemment, la loi du 8 décembre 1983 supprime les incapacités des naturalisés, et la loi du 7 mai 1984 réforme les conditions d'acquisition par mariage.

Le code de nationalité actuellement en vigueur, issu des différentes décisions législatives exposées plus haut, permet à environ 100 000 étrangers d'accéder chaque année à la nationalité française. Parmi eux, environ 40 000 enfants naissent français, sur le sol français, d'un ou deux parents étrangers; 25 000 enfants deviennent français pendant leur minorité ou lors de leur majorité, et enfin 35 000 adultes sont naturalisés ou réintégrés. Il est intéressant, sans entrer dans le détail du régime actuel, d'en exposer les principaux articles et leur influence sur le nombre des accessions à la nationalité française, et ce, malgré les insuffisances statistiques que l'on déplore, une fois encore.

L'attribution de la nationalité française aux enfants d'étrangers dès leur naissance est régie par deux articles du code. L'article 17, qui se réfère au droit du sang, attribue la nationalité française, dès sa naissance, à tout enfant légitime ou naturel dont l'un au moins des parents est français. Les seules données dont nous avons pu disposer sont celles qui correspondent aux enfants nés en France de couples mixtes. Depuis 1980, 20 000 enfants sont chaque année concernés par cette disposition. Ils étaient 17 000 en 1975.

TABLEAU N° 7
**Enfants légitimes nés en France
d'un parent étranger et d'un parent français**

1975	1981	1982	1983	1984	1985	1986	1987
17 245	20 588	20 835	19 791	20 274	20 460	20 930	20 807

Source : INSEE.

L'article 23 établit, lui, la règle du double droit du sol qui prévoit qu'est français, tout enfant légitime ou naturel, né en France d'au moins un parent qui y est lui-même né. Il n'y a pas de possibilité de répudiation de nationalité française si les deux parents sont nés en France. Cet article concerne en particulier les enfants dont un parent algérien est né en Algérie avant 1963, alors que ce territoire était département français. Cette règle du double droit du sol a été reprise dans l'article 23 de la loi de 1973, qui vise les enfants dont un parent est né dans un territoire qui avait le statut de colonie ou de territoire d'outre-mer. Malheureusement, aucune statistique n'est faite pour recenser les naissances prévues par ces articles. Toutefois, les estimations permettent d'avancer qu'environ 20 000 enfants sont actuellement français dès leur naissance par le jeu du double droit du sol. Il convient de noter que l'incidence de cette règle sur la nationalité des enfants dont les parents sont nés dans les anciens territoires français ne peut aller qu'en s'estompant au fur et à mesure du vieillissement des populations concernées.

L'acquisition de la nationalité française au cours de la vie comporte trois régimes différents dont les modalités sont en quelque sorte fonction de la liaison entre la France et l'intéressé.

Selon l'article 44 du code, l'enfant né en France de parents étrangers devient français à dix-huit ans sans avoir à accomplir de formalité, s'il réside en France à cette date, au moins depuis l'âge de treize ans. Il a la faculté de décliner la nationalité française. L'automaticité fait qu'il n'y a aucune trace statistique de l'effet de cet article. Selon les estimations, ce régime concernerait actuellement environ 17 000 jeunes chaque année, alors qu'il n'en concernait que 10 000 en 1975. Cet accroissement devrait se poursuivre encore compte tenu de l'augmentation régulière du nombre des naissances étran-

gères depuis la fin des années soixante. Seuls 1 361 jeunes
ont renoncé, en 1984, à l'acquisition de la nationalité
française à leur majorité.

Les procédures d'acquisition et de réintégration par
déclaration sont, elles, réservées à certaines catégories
de personnes qui ont, ou ont eu, un lien particulier avec
la France. Elles constituent un droit reconnu à certains
individus qui expriment la volonté de devenir français
dans une déclaration. L'administration ne peut, alors,
exercer qu'un contrôle de légalité. Depuis 1980, un peu
moins de 20 000 personnes accèdent chaque année à la
nationalité française par ce type de procédure. Ce régime
de déclaration concerne les enfants nés en France de
parents étrangers, qui veulent devenir français pendant
leur minorité, s'ils résident en France depuis au moins
cinq ans au moment de la démarche. Il concerne également les étrangers qui, ayant épousé, depuis au moins
six mois, un ressortissant français désirent le devenir.
Entre 1980 et 1985, un peu moins de 5 000 enfants et
environ 13 000 conjoints ont ainsi acquis chaque année
la nationalité française. Les statistiques pour l'année 1986,
non encore définitives, laissent entrevoir une très légère
augmentation du nombre total de déclarations, sans qu'il
soit encore possible d'affecter cette progression à l'une
ou l'autre des modalités.

TABLEAU N° 8

**Nombre de personnes ayant acquis ou retrouvé
la nationalité française par déclaration**

	1975	*1980*	*1981*	*1982*	*1983*	*1984*	*1985*
Total des acquisitions et réintégrations par déclaration, dont :	14 663	20 599	19 598	20 368	19 705	15 517	19 089
par mariage	8 394	13 767	13 209	14 227	13 213	10 279	12 634
durant la minorité	5 348	4 836	4 600	4 473	4 793	4 201	5 088
originaires des TOM	372	1 378	1 154	1 245	1 218	699	} 1 367
autres causes	549	618	635	423	481	338	

Source : ministère des Affaires sociales.

Enfin, le code prévoit des procédures d'acquisition et
de réintégration par décret qui ne constituent pas un
droit pour les individus concernés, mais une faveur qui
leur est accordée par l'État français. C'est le ministre
chargé des naturalisations qui statue après examen d'un
dossier complet. Ainsi l'acquisition par décret concerne
les personnes qui souhaitent devenir françaises mais ne
peuvent faire état de lien particulier avec la France.
Elles doivent toutefois satisfaire à un certain nombre de
conditions. Ces personnes doivent être majeures, résider
en France, faire preuve d'assimilation à la communauté,
de moralité, et n'avoir jamais fait l'objet d'un arrêté
d'expulsion ou d'assignation à résidence. Depuis 1975 le
nombre annuel des acquisitions par décret a relativement
varié : environ 20 000 acquisitions en 1983 et 1984, mais
41 000 en 1985. L'année 1986 se situe au niveau enregistré en 1981 avec 33 400 acquisitions. Au-delà de variations qui s'expliquent en grande partie par la modification

de l'organisation administrative en vue de la modernisation des services, depuis de nombreuses années le nombre de refus de naturalisations reste stable et touche environ un cinquième des demandes.

TABLEAU N° 9

**Nombre de personnes ayant sollicité
la naturalisation ou la réintégration par décret**

Motif d'acquisition	1975	1980	1981	1982	1983	1984	1985
Acquisitions par décret, dont	26 674	31 504	34 400	28 459	19 990	20 056	41 588
naturalisations	18 006	20 203	21 541	18 073	13 213	13 635	26 902
réintégrations	1 021	1 977	2 811	2 349	1 557	1 599	2 708
effets collectifs	7 647	9 324	10 048	8 037	5 220	4 822	11 978

(*Source :* ministère des Affaires sociales.)

La réforme du code de nationalité est à l'ordre du jour. Ce thème était présent dans les programmes de la plupart des partis politiques lors des élections législatives de mars 1986. Au cours de cette année 1986, un projet de loi portant réforme du code a été adopté en Conseil des ministres, mais n'a jamais été soumis au Parlement. Le contexte particulièrement confus dans lequel ce projet a vu le jour, en dehors de toute réflexion d'ensemble sur la question immigrée, a provoqué de nombreuses inquiétudes, tant dans les communautés étrangères que dans la communauté française. Inquiétudes légitimes, si l'on veut bien admettre qu'une législation concernant le code de la nationalité ne constitue pas une politique en elle-même, mais simplement un moyen pour une politique. L'histoire de notre code en est l'illustration.

La France a un code de nationalité plus libéral que celui de la plupart des autres pays européens, encore que face à l'installation durable de populations étrangères, certains pays, comme la Belgique, aient récemment modifié leur législation relative à l'accès à la nationalité en le rendant plus facile. En fait, l'appel aux étrangers pour couvrir les besoins démographiques, quels qu'en soient les motifs, est de tradition en France. L'intégration des populations étrangères dans la communauté française, avec toutes les difficultés que l'on connaît, a toujours été parachevée par l'accession à la nationalité française. Bien entendu, la législation sur la nationalité n'est pas immuable. Et pas plus que les autres lois, elle ne saurait résister à l'évolution du temps. C'est, à notre sens, pour cette raison qu'il convient de bien préciser l'attitude que l'on entend avoir vis-à-vis des étrangers qui se sont installés et dont les descendants vivront dans leur grande majorité en France. Il faut se demander si l'on doit, dans ces conditions, « fabriquer » des Français ou des étrangers. L'histoire de l'immigration en France nous montre que notre pays a toujours choisi d'en faire des Français; et il n'est pas sûr que la France sache mieux qu'auparavant vivre avec une population étrangère qui se renouvellerait en restant étrangère et risquerait de constituer des communautés fermées.

Le double *jus soli* contenu dans l'article 23 du code et l'article 44 ont permis, au cours de notre histoire, l'intégration dans la communauté française des enfants appelés à vivre dans notre pays, en deux générations. Le régime le plus critiqué est celui de l'article 44 du code qui attribue automatiquement la nationalité française, à leur majorité, aux enfants d'étrangers qui sont nés en France. Cette disposition intéresse les seuls enfants nés de deux parents étrangers, puisque les autres sont français à leur naissance. Les enfants de deux parents algériens ne relèvent pas de ce régime puisque leurs parents, nés en Algérie, étaient en leur temps nés sur un territoire français. Aujourd'hui, 20 000 adolescents seraient concernés par le régime de l'article 44. L'augmentation du nombre de naissances d'enfants étrangers conduit à penser qu'ils seront légèrement plus nombreux dans une quinzaine d'années.

Que reproche-t-on à ce système d'automaticité? Pour certains, il transformerait des « étrangers » en Français malgré eux, et corromprait le lien de nationalité, puisqu'à aucun moment l'intéressé n'exprime un choix.

Mais est-ce bien ainsi que se pose le problème? Sans doute cela est-il vrai lorsqu'il s'agit d'adultes, ou de jeunes venus plus tard, réfugiés ou immigrés récents. Mais le cas des jeunes nés en France et élevés en France à la suite de la grande vague de l'immigration des années soixante ne devrait-il pas être traité de manière particulière? D'ailleurs, la moitié des jeunes d'origine maghrébine ont déjà, dès leur naissance, la nationalité française. Ceux-là n'auront aucun choix à faire à dix-huit ans, pas plus que les autres Français. Est-il vraiment nécessaire de faire une différence entre des enfants élevés ensemble, dans les mêmes écoles et les mêmes quartiers?

Ne pas faire de Français malgré eux? *A priori,* on ne peut qu'être d'accord. Rappelons que l'on compte annuellement moins de 1 500 refus de nationalité française conformément à l'article 45, ce qui est très peu. Il sembl

plutôt que l'on est en train de s'apercevoir que deviennent
français de jeunes étrangers que la société française n'a
pas su intégrer, alors que pour leur immense majorité
ils n'ont d'autre avenir qu'en France. Le problème dépasse
l'automaticité.

En ce qui concerne les adultes, des entretiens que
nous avons pu avoir, il semble ressortir une certaine
inquiétude, quant aux demandes de nationalité française.
Il y aurait une réelle attirance pour notre nationalité,
non par volonté d'adhérer à notre société, mais dans le
but de bénéficier de garanties et d'avantages sociaux
supérieurs à ceux procurés par le pays d'origine. On ne
peut que partager de telles craintes si elles correspondent
à une réalité; l'accès à la nationalité ne saurait constituer
un « détournement de procédure », mais doit traduire
un engagement dans le devenir de la société française.
Ce sont ces raisons qui justifieraient les remises en cause
des procédures d'accès à la nationalité par mariage ou
de celles qui, plus simples que la procédure de naturalisation, s'adressent à des personnes ayant déjà des « liens »
avec la France.

Or, jusqu'en 1984, les statistiques dont nous disposons
ne paraissent pas traduire d'« engouement » particulier
pour la nationalité française comme c'est le cas, par
exemple, pour les demandes de statut de réfugié. Il serait
dommage de mettre en place des réformes du code qui
traduiraient un changement profond d'attitude face à
l'accueil des étrangers, sans justification d'une telle décision.

Enfin ces commentaires laissent en suspens des questions d'importance. L'Acte unique européen et les évolutions en cours dans la Communauté ne peuvent être

passés sous silence dans le cadre d'une réflexion sur le code de nationalité. En effet, les ressortissants des pays d'Europe du Sud que sont l'Italie, l'Espagne ou le Portugal, qui pourront librement circuler dans tout l'espace européen, ne pourront plus être considérés par la France comme des « étrangers » et n'auront certainement plus le même besoin d'accéder à la nationalité française. De ce fait, la question de la réforme du code de la nationalité qui est déjà celle de l'intégration des populations d'origine maghrébine ou plus lointaine encore, le sera de plus en plus. Et on ne peut éviter que soient posées très précisément les questions concernant la double nationalité compte tenu de la sociologie musulmane, et le statut d'étranger qu'il faudrait bien mettre en place pour des populations qui se renouvelleraient en restant étrangères, si un système restrictif d'accès à la nationalité voyait le jour. Le code actuel et ses nombreux articles peut et doit certainement être amélioré. Encore faut-il être clair sur le but poursuivi, et la soudaineté avec laquelle l'idée de réforme du code a émergé dans un contexte politico-électoral confus, ne permet pas cette clarté. Une réforme trop hâtive du code pose, on l'a vu, plus de problèmes qu'elle n'en résout. C'est le grand mérite de la Commission des sages qui a été mise en place au début de l'été 1987, d'avoir aidé l'ensemble de l'opinion à prendre du recul par rapport à un débat qui était bien mal engagé. Toutefois, une « Commission des sages », aussi qualifiée soit-elle, ne peut définir une politique d'ensemble et faut-il le rappeler une nouvelle fois : un code de la nationalité n'est qu'un moyen au service d'une politique et non une politique en soi.

L'Islam est-il un obstacle?

La communauté française découvre, après coup, la présence d'un nombre important de musulmans vivant sur son sol et y pratiquant leur religion. Les réticences de certains vis-à-vis de l'intégration de ces populations sont de nature complexe, mais très marquées par l'histoire.

La religion et la culture des musulmans restent inconnues et éloignées de notre propre culture. Or, la France a toujours difficilement intégré les différences, et les difficultés d'aujourd'hui font en quelque sorte partie de la tradition française. C'est aujourd'hui l'appartenance à la religion musulmane qui définirait la limite de la capacité d'intégration de la France, alors que les Européens sont, désormais, à peine considérés comme des étrangers, contrairement à la période d'avant-guerre. Et pour le moment, les populations d'origine asiatique ne semblent pas soupçonnées de difficultés particulières d'intégration. D'autre part, les relations historiques de la France avec le monde musulman, et en particulier avec l'Algérie, sont encore très présentes dans les esprits. Pour beaucoup, aussi bien Français que Maghrébins, l'Islam a représenté l'identité nationale algérienne face à la France, pendant la période de décolonisation. Et les difficultés d'insertion de la communauté harki le montrent douloureusement. Enfin, les analyses des tensions du Proche et du Moyen-Orient, qui mettent l'accent sur le fanatisme religieux débouchant sur le terrorisme, au détriment des dimensions politiques et sociales, participent à activer la « peur » de l'Islam.

La France compte actuellement environ 2,8 millions de musulmans qu'on ne saurait appréhender de manière globale et uniforme, tant leur histoire, leurs origines et leurs rapports à l'Islam sont différents, même si cette religion demeure la base de leur identité.

Le changement de nature de l'immigration, devenue immigration de peuplement, a fait évoluer le rapport des immigrés et de leur religion. Lorsque l'immigration était encore une immigration de travail, elle était pensée comme temporaire, avec la certitude du retour, et la pratique religieuse demeurait relativement faible en France. Les événements religieux – mariage, fêtes, Ramadan... – étaient alors vécus en pays d'origine. Elle n'a véritablement été « importée » qu'à partir des années soixante, quand l'immigration familiale a fait s'amenuiser l'idée du retour et s'affirmer le besoin religieux pour assurer l'éducation des enfants. C'est également à la même époque que s'est implantée la communauté des « Français-musulmans », à la fin de la guerre d'Algérie.

Pendant ces vingt-cinq années, la communauté musulmane présente en France s'est régulièrement développée et diversifiée. Environ un million de personnes de nationalité française se réclament actuellement de la religion musulmane, que l'on peut répartir en trois groupes sociologiques. Les 400 000 « Français-musulmans », dont la population d'origine est celle des musulmans rapatriés d'Algérie en 1962, constituent un premier groupe particulièrement défavorisé et peu intégré. Les enfants d'immigrés de religion musulmane, communément appelés les « Beurs », forment une population de taille comparable. Ils ont des rapports quelquefois complexes avec la religion de leurs parents, mais prennent, semble-t-il, le problème avec d'autant plus de distance qu'ils sont bien intégrés dans la société française. Enfin, il faut prendre en compte les Français convertis à l'Islam, qui pourraient être 200 000, selon certains responsables religieux, mais plus probablement quelques dizaines de milliers.

Aux côtés de cette communauté de nationalité française, on trouve 1,8 million de musulmans de nationalité étrangère qui reflètent directement la structure de la population étrangère présente en France. Ils sont majoritairement d'origine maghrébine. Un peu moins de 800 000 Algériens et environ 550 000 Marocains et 250 000 Tunisiens sont liés à l'Islam. Les musulmans d'origine turque représentent une population de 120 000 personnes, et les originaires d'Afrique noire, principalement d'origine sénégalaise et malienne, 100 000 personnes. Enfin, on compte quelques milliers de musulmans originaires des pays du Moyen-Orient, de Yougoslavie et du Pakistan.

La réalité numérique des populations vivant sur le sol français et se réclamant de l'Islam fait de cette religion la seconde religion présente en France, mais également, comme certains l'on fait remarquer, la seconde religion des Français.

Les différences sociologiques ont des conséquences directes dans la structure actuelle de l'Islam en France. Bien que pratiquement inexistant sur notre sol au moment de la séparation des Églises et de l'État, l'Islam est soumis, comme les autres religions, au droit défini par la loi du 9 décembre 1905. Comme toute autre religion pratiquée en France, la religion musulmane s'organise à travers les régimes associatifs définis par le droit. Elle est ainsi structurée, conformément à la loi de 1905 sur les associations cultuelles, et à celle de 1901, sur le statut général des associations. Toutefois, l'organisation autour de la religion est difficile à cerner; ceci tient au fondement même de l'Islam. Seul l'Islam de tradition chiite, très peu présent en France, admet l'existence d'une hiérarchie religieuse. L'Iran est le seul pays musulman au monde où existe un clergé. Mais dans sa tradition sunnite, dont la très grande majorité des musulmans présents en France se réclame, l'Islam refuse tout médiateur entre Dieu et les croyants et s'affirme comme une religion sans clergé et sans organisation interne. En France, la réalité semble toutefois quelque peu différente. Le monde musulman est organisé, mais ses structures sont souvent peu lisibles. Au-delà de leurs intitulés, certaines associations apparaissent strictement religieuses, d'autres strictement laïques même si elles s'occupent souvent de la gestion des lieux de prière. D'autres enfin, se constituent autour de la religion dans un but culturel ou sportif. Les associations strictement religieuses transcendent les nationalités. Pour les autres, au contraire, la nationalité est le facteur déterminant du regroupement. Toutefois, on ne peut qu'être frappé par la multitude d'associations, rarement regroupées.

Ainsi, les Français-musulmans n'ont jamais réussi à se structurer en une seule communauté : ils disposent d'environ 250 associations, mais seules deux d'entre elles peuvent prétendre à une certaine représentativité. La tentative menée en 1984 d'instaurer une « convention nationale des Français-musulmans » s'est traduite par un échec.

Les musulmans d'origine turque, très isolés, disposent de quelque 200 associations suivant leur origine ethnique et leur obédience politique. Le gouvernement turc joue d'ailleurs un rôle très important dans l'organisation de l'enseignement de la langue et de la culture turques à l'intérieur de l'Éducation nationale.

Les musulmans d'Afrique noire forment des communautés dont la principale caractéristique est de prolonger, à travers leurs associations, le système maraboutique, et d'essayer de maintenir un lien étroit avec la culture des pays d'origine.

Le monde maghrébin occupe une place particulière dans l'ensemble de la communauté islamique.

Les Marocains ont, à côté d'associations locales, nombreuses et, semble-t-il, indépendantes, deux associations importantes, présentes dans toute la France. L'une, proche du pouvoir en place au Maroc, l'« Amicale des travailleurs et commerçants marocains », gère un grand nombre de mosquées. L'autre, l'« Association des marocains en France », est proche de l'opposition.

Les Tunisiens constituent une communauté où l'opposition au régime de Bourguiba fut longtemps un facteur de regroupement. Cette situation ne peut désormais qu'évoluer, et il est encore trop tôt pour imaginer dans quel sens.

Les Algériens disposent d'une importante association, l'« Amicale des Algériens en Europe », émanation du FLN, qui intervient surtout dans le domaine politique, mais gère également des lieux de culte, surtout dans la région lyonnaise. Ils sont également regroupés en fonction de leur appartenance confrérique.

On ne peut parler des structures d'organisation des musulmans originaires du Maghreb sans s'arrêter un temps sur la situation de la Grande Mosquée de Paris. Construite par les trois pays d'Afrique du Nord avec l'aide du gouvernement français, la Grande Mosquée de Paris a été inaugurée en 1926 par le sultan du Maroc. A sa démission, en 1982, H. Boubaker, l'ancien recteur, a remis la Mosquée au gouvernement algérien qui a désigné l'actuel recteur, Cheik Abbas. La Grande Mosquée, dominée par le gouvernement algérien, voudrait se présenter comme le porte-parole de tous les musulmans présents en France, mais cette revendication algérienne est contestée par les autres communautés maghrébines.

Pour achever cette description sommaire de la structuration complexe de l'Islam en France, il faut indiquer la présence de correspondants des organisations internationales, comme le Bureau de Paris de la Ligue islamique mondiale, ou le Secrétariat général du Conseil islamique européen, ou de courants comme « Foi et Pratique ».

On se trouve donc face à un monde qui proclame l'unité, mais est de fait éclaté, flou et multiple : éclaté selon les origines ethniques et nationales; flou car le politique, le culturel et le religieux y sont mêlés; multiple dans la mesure où les musulmans n'ont pas les mêmes rapports à l'Islam, « aux Islams » serait-on tenté de dire.

L'Islam militant dans sa dimension intégriste, dont on parle beaucoup, ne touche qu'une catégorie très restreinte de la population musulmane vivant en France. Il combat, certes, la société occidentale et toute insertion des musulmans dans cette société, mais ses cibles restent les responsables des pays d'origine et non les Français. Prônant l'existence d'une « spécificité musulmane » qui serait incompatible avec toute insertion dans une société de type occidental, cet Islam peut attirer par son discours les immigrés les plus démunis et les plus exclus qui y trouvent enfin une identité et une communauté d'insertion. Le risque de l'Islam intégriste en France, très marginal, répétons-le, est de le voir utiliser ou renforcer l'isolement des populations qu'il séduit et c'est sous cet aspect qu'il faut le prendre en compte.

La réalité de l'Islam en France est celle d'un Islam « tranquille » comme on le qualifie souvent. Il n'en demeure pas moins des différences notables dans les pratiques religieuses entre les primo-immigrants, qui y cherchent l'identité à transmettre, et leurs descendants qui y puisent leurs traditions, tout en affirmant par ailleurs leur appartenance à la jeunesse française. D'une façon générale, les jeunes sont moins nombreux que leurs parents à revendiquer l'appartenance à la religion musulmane, et les pratiques religieuses, qu'elles soient individuelles, familiales ou collectives, sont moins suivies par les jeunes que par leurs parents. Cela d'ailleurs ne distingue pas la religion musulmane des autres religions vécues en France, que l'on ait ou non à le regretter. Les prières quotidiennes sont respectées par 3 % seulement des enfants, contre 48 % des parents. Les interdits alimentaires sont respectés par 95 % des parents et 69 % des jeunes. Les pratiques religieuses, liées à des événements familiaux majeurs – mariages, décès – justifient encore souvent des voyages dans les pays d'origine. Les

prières collectives du vendredi qui ne concernent pratiquement que les hommes, ne sont suivies que par 10 %
de la population musulmane. Encore faut-il souligner
que les lieux de culte, bien qu'en nombre croissant,
offrent peu de « places » au regard de l'ensemble de la
population musulmane. On a pu recenser quelque
1 000 lieux de culte sur l'ensemble du territoire français,
allant de la simple salle de prière à la véritable mosquée.
La grande fête du mouton clôturant la semaine du
pèlerinage et la pratique du Ramadan, signes puissants
d'identité, sont observées par la presque totalité des
parents et moins fréquemment par les enfants.

Après ce rapide aperçu de la réalité de l'Islam en
France, on peut penser, et cela est vrai pour une grande
part, que l'on est en présence d'une religion, nouvelle
certes, mais qui trouve naturellement sa place dans un
État laïc, comme n'importe quelle autre religion déjà
ancienne.

Est-ce vraiment aussi simple? La laïcisation de l'État
français a été lente. La laïcité, établie depuis 1905,
marque l'autonomie de l'État vis-à-vis de toutes les
religions. Elle implique la nécessité d'une réglementation
des rapports de l'État avec les religions, puisqu'il est
garant de la liberté religieuse. De plus, il est admis
depuis près d'un siècle que la société française peut créer
ou choisir ses valeurs en dehors de toute référence
religieuse. S'agissant des religions chrétiennes, l'application de ce principe a cessé de poser des problèmes.
Face à la nouveauté de la présence de l'Islam en France,
le cas de figure est différent. Force est de constater que
l'État français n'a pas joué son rôle et a laissé se
développer des situations préoccupantes. Parallèlement,

ni la communauté française ni la communauté musulmane n'ont réfléchi à l'intégration de l'Islam dans une société laïque. Or, la laïcité de l'État est une réalité inévitable. Elle oblige l'État français à définir clairement ses rapports avec la religion musulmane, à la fois pour assurer le fonctionnement harmonieux de la collectivité nationale et pour jouer son rôle de garant des libertés religieuses. La question n'est pas simple en raison du caractère globalisant de l'Islam – droit coranique, liens politiques avec certains pays arabes – et de l'absence de hiérarchie constituée et représentative. Or, la laïcité de l'État a des conséquences sur les plans politique, juridique et religieux. Ainsi, les populations musulmanes ne sauraient être les vecteurs d'ingérences politiques extérieures quelles qu'elles soient. C'est une question de souveraineté nationale. L'existence d'associations regroupées autour de tendances politiques militantes dans les pays d'origine pose déjà un problème. Une autre question importante est celle du statut de la Grande Mosquée de Paris.

Actuellement, l'Algérie nomme le recteur de la Grande Mosquée – assure son financement? On ne sait – et se sert de l'institution religieuse pour asseoir son autorité politique sur la communauté musulmane. En fait, l'État algérien s'est substitué à l'État français comme autorité de tutelle « laïque ». En créant ainsi une situation de force à son profit, l'Algérie suscite la compétition. C'est ainsi que la future Grande Mosquée de Lyon pourrait être parrainée et financée par l'Arabie Saoudite. Les mosquées doivent demeurer des lieux de réflexion et de prière pour l'ensemble de tous les musulmans. Elles ne sauraient être gérées par un gouvernement étranger quel qu'il soit. Il ne s'agit pas ici d'accuser, mais de réfléchir sur le rôle des mosquées, et notamment de la Grande Mosquée de Paris, sur la réforme de leur statut et sur le rôle spécifique de la puissance publique.

Pour cette raison, et parce que l'État français doit pouvoir établir le dialogue avec l'ensemble des musulmans, il faut favoriser l'émergence d'une représentation des musulmans en France. C'est un travail de longue haleine, sans qu'il y ait de solutions évidentes : les tentatives de mise en place d'associations à l'échelle nationale représentant les communautés musulmanes françaises ont pour l'instant été vouées à l'échec. C'est pourtant dans ce sens qu'il faudrait travailler, comme cela s'est fait pour la religion juive. De toute façon, qu'il y ait structure nationale ou non, de représentation musulmane, l'État français, parce qu'il est souverain sur son sol et garant des libertés religieuses, doit se donner les moyens de s'informer – nominations des imams, gestion des lieux de culte, fonctionnement des écoles coraniques... – et se doit de définir un certain nombre de règles nécessaires à l'exercice de la laïcité. Dans l'attente d'un « concordat musulman » difficile à négocier compte tenu de la multiplicité des interlocuteurs, l'État est fondé à définir ces règles de manière unilatérale. Pour le moment, nous en sommes encore loin.

D'autre part, la laïcité est aussi une valeur culturelle. Elle se traduit par la tolérance. La liberté religieuse entre dans ce champ et la pratique de la religion musulmane ne saurait donc représenter un obstacle à l'insertion. L'État doit aussi être garant de la liberté de la pratique religieuse. Il convient donc de favoriser le développement des lieux de culte, là où ils sont néces-

saires. Cela éviterait des confusions de genre regret-
tables, comme l'apparition de lieux de culte sur les lieux
de travail. De la même façon, les coutumes – fêtes,
mariages, Ramadan, règles alimentaires – doivent pouvoir être librement pratiquées. Cela ne signifie pas que
l'État doive s'en désintéresser. Par exemple, la consommation de viande *halal* doit bénéficier de garanties. Nos
différents entretiens nous ont permis d'entrevoir que de
nombreuses possibilités de fraude existent. La question
est à traiter comme celle de la viande *casher* exigée par
la religion juive et pour laquelle l'État, à travers son
service de répression des fraudes, exerce un contrôle.
Pour la viande *halal*, l'absence d'autorité musulmane et
la dilution des responsabilités pour l'abattage rituel
accentuent les risques. L'État, grâce à ses services, a les
moyens d'enquêter sans même qu'il y ait plainte officielle.
Un tel travail nous semble s'imposer actuellement.

Devant une population aussi nombreuse qui se réclame
de l'Islam, il semble qu'on ne puisse plus échapper à la
prise en compte de cette religion dans notre société.
Comme nous avons voulu le montrer, cela n'est pas sans
interrogation, et la question est posée à l'Islam et à la
société française. Pour l'Islam, il s'agit de son développement dans une société « sécularisée » qui engendre
seule ses valeurs, après avoir intégré celles des religions
dont elle est issue. On peut d'ailleurs entrevoir l'évolution
vers un « Islam français » à travers l'attitude des jeunes
passés par le système scolaire français, qui ont intégré
les valeurs culturelles de la société française et sont
soucieux de conserver une certaine fidélité à l'Islam.
L'Islam, lui-même porteur de valeurs universelles, doit
pouvoir mener cette réflexion sur la théologie et la

conceptualisation d'un Islam confronté à la modernité et décidé à l'accepter. Pourquoi pas en France, dans le cadre d'une faculté de théologie musulmane à créer?

Parallèlement, la société française, qui n'a pas été préparée à cet événement historique considérable que constitue la présence de trois millions de musulmans, doit conduire une réflexion sur la place que, désormais, la religion musulmane tiendra dans sa propre culture.

Cette réflexion ne pourra avoir lieu si l'on reste dans l'état actuel de non-connaissance totale de ce qu'est l'Islam et de son histoire. C'est un effort que nous avons su faire autrefois, dans d'autres conditions. Les conditions ont changé, mais cet effort n'en est pas moins à notre portée.

L'intelligence, la générosité, l'intérêt montrent que l'on doit dominer cette situation.

Les trois pôles de l'insertion

Face aux trois problèmes que constituent le logement, l'école et l'insertion professionnelle, on est inévitablement tiraillé entre deux nécessités : la volonté de banaliser des solutions à des problèmes qui sont aussi ceux des Français d'origine, issus des milieux les plus défavorisés, et le besoin de traiter spécifiquement ceux qui tiennent à la condition d'immigré.

Comme nous l'avons exposé, les populations issues de l'immigration ont bénéficié elles aussi de l'amélioration générale des conditions de logement. Mais la caractéristique principale reste le phénomène de concentration avec ses lourdes conséquences sur la délinquance et les difficultés qu'il induit à l'école où les enfants d'immigrés se retrouvent, là encore, concentrés. C'est pourquoi la question du logement reste primordiale. Deux types d'action sont donc nécessaires : l'amélioration des logements eux-mêmes, qui concerne l'ensemble des populations les plus défavorisées, et la répartition des étrangers dans l'ensemble de l'habitat. Les problèmes auxquels on se heurte sont à la fois techniques et psychologiques. En ce qui concerne les logements eux-mêmes, au-delà de l'amélioration du confort, un effort de conception architecturale est à faire afin d'adapter l'habitat à des populations aux pratiques sociales différentes. Quelques réalisations montrent la voie. Certains offices d'HLM ont ainsi réorganisé la distribution d'appartements existants, afin de disposer de logements de catégories F 6 et F 7, pour loger décemment les familles nombreuses. En d'autres endroits, c'est l'architecture des immeubles qui a été reprise et des modifications de façades ont été réalisées afin de préserver l'intimité familiale. D'autre part, l'arrivée d'étrangers est, cela est indéniable, souvent mal accueillie, parce que mal préparée. On ne connaît que trop les exemples des collectivités locales qui refusent l'accès des logements sociaux aux étrangers, ou des associations de copropriétaires qui font pression pour rejeter l'attribution d'un logement à une famille étrangère. Il semble nécessaire de réfléchir au système actuel de décision d'attribution aux différents niveaux – département, commune, quartier. Actuellement, on bute sur un double obstacle : ou les logements sociaux dépendent d'un office communal, et rien ne peut empêcher un maire de refuser un logement; ou ils relèvent de l'autorité préfectorale et, *a contrario,* on voit les étrangers « parachutés » dans une commune, sans souci de concertation avec les élus, ni de meilleure répartition des populations.

Là encore, il faudra du temps, mais on ne peut se satisfaire d'une situation qui frise parfois « l'évolution vers le ghetto » ou qui, dans le meilleur des cas, fait porter la responsabilité de l'intégration quotidienne des populations étrangères sur les seules populations françaises les plus défavorisées.

Parce que l'évolution des conditions de logement sera lente, on ne peut clore ce chapitre sans aborder l'action sociale qui est essentielle pour accélérer l'insertion des populations étrangères dans un environnement particulièrement difficile. Il nous semble donc opportun de développer les centres sociaux, qui existent déjà dans de nombreuses collectivités. Certes, il y a actuellement des problèmes de compétence et de formation pour certains de leurs animateurs, mais par leurs actions variées sur la vie locale – alphabétisation des adultes, liaisons quartiers-écoles, rencontre des communautés – ils restent actuellement des lieux d'action privilégiés pour l'intégration. Le financement de ces centres pose depuis quelque temps un réel problème. On pourrait imaginer d'y affecter des ressources supplémentaires.

La concentration de l'habitation a pour conséquence directe, nous l'avons signalé, le regroupement des enfants étrangers dans quelques écoles. Les problèmes locaux induits entraînent quelquefois des attitudes restrictives quant à l'inscription de ces enfants, tout à fait contraires à la loi. L'importance de la scolarisation des petits étrangers est évidemment reconnue lorsqu'il s'agit du niveau élémentaire. Mais il faut souligner, pour eux, l'importance de la fréquentation de l'école maternelle, tant par son rôle de brassage, que par l'apprentissage du français qu'elle permet, quand il n'est pas pratiqué dans les familles.

En ce qui concerne l'école élémentaire, fréquentée entre 6 et 11 ans, on peut dire, sans crainte de se tromper, que c'est là que tout se joue. Une scolarité ratée en primaire entraîne inexorablement, pour les immigrés plus encore que pour les autres, l'orientation précoce vers des filières plus qu'incertaines quant aux possibilités d'emploi qu'elles sont censées offrir. Or, les enfants d'origine étrangère se trouvent, face au système scolaire français, dans une situation à la fois singularisée et banalisée. Dans ces conditions, on ne peut se passer d'une réflexion sur l'enseignement que l'on peut – ou doit – leur proposer, aussi bien dans sa finalité que dans son contenu.

L'option, maintenant ancienne, de l'école « intercul-turelle » dans le cadre de l'enseignement du primaire nous semble très discutable. Ce débat a été mené, en particulier, au niveau européen au sein de la Conférence permanente des ministres européens de l'Éducation, et s'est traduit par un certain nombre d'engagements pour les pays membres. Chacun de ces pays se devait d'introduire une référence à l'option interculturelle dans l'éducation des immigrants, et de promouvoir l'enseignement de la langue maternelle et de la culture d'origine desdits enfants, conformément à la Directive du 25 juillet 1977. Chaque pays restait totalement libre dans l'organisation concrète qui découlait de ses engagements.

Il semble que, en France, on se soit précipité sur des « solutions » sans avoir vraiment approfondi et pesé les conséquences de ce que l'on mettait en place. Qu'est-ce que la culture d'origine? Pourquoi vouloir unifier l'enfant originaire d'Italie du Sud et celui originaire d'Italie du Nord, alors que leurs cultures sont si différentes dans leur propre pays? L'arabe « littéraire » est-il la langue maternelle d'un enfant d'origine kabyle? Que sont la culture et la langue d'origine d'enfants étrangers nés en France et baignés dans leur vie quotidienne (télévision, rues, squares...) dans la culture « française »? Quelle finalité donne-t-on à ce type d'enseignement? faciliter le retour? favoriser l'insertion dans le pays d'accueil en aidant ces enfants à se construire une identité? satisfaire les revendications des pays d'origine?

Actuellement les enseignements des langues et cultures d'origine sont assurés à raison de trois heures par semaine à l'intérieur des plages horaires de la scolarité « normale », par des enseignants des pays d'origine, financés par ces pays, et donc réservés aux seuls enfants originaires de ces pays. Il y a actuellement 1 800 professeurs environ, dont 500 professeurs d'arabe.

Par intention, peut-être louable, de respecter l'identité de chacun, on a mis en place un système qui se révèle être un facteur de discrimination plus que d'intégration : les enfants d'origine étrangère sont isolés pour recevoir un enseignement dont les autres ignorent tout, et qui ne sera même pas pris en compte pour « mesurer » leur réussite scolaire. Pendant ce temps, les enfants français suivront, ou bien des enseignements « du programme » dont les étrangers auraient certainement besoin, ou bien d'autres enseignements – dessin, musique, sport... – qui permettraient aux étrangers de s'épanouir et, qui plus est, sont souvent l'occasion de faire travailler les enfants ensemble, chacun avec sa propre vision.

Le succès de l'enseignement des langues et cultures

d'origine ne peut se mesurer qu'à travers la réussite des enfants d'origine étrangère dans le système français. Cela doit rester l'objectif premier. Or, force est de constater que ce n'est pas le cas, loin de là. Certaines expériences locales ont été, il est vrai, menées avec succès, comme cette école parisienne où une forte présence d'enfants portugais a permis de mettre en place, avec l'accord des parents, un enseignement de portugais pour tous les enfants, portugais ou non. Ces expériences restent malheureusement très peu nombreuses. Le point fondamental est qu'elles ne sont jamais « ségrégatives » et que leur réussite ne se décrète pas. Le succès passe par la liberté de décision et de choix laissée aux différents partenaires – enseignants et parents – seuls capables d'apprécier le souhaitable et le possible.

Dans ces conditions, il nous semble qu'il faut tout faire pour banaliser la situation de l'enfant étranger à l'intérieur du système scolaire et éviter toute solution qui pourrait se révéler discriminatoire. A l'école primaire, il serait préférable d'assurer l'enseignement de la langue d'origine dans des cours extrascolaires, dispensés dans les locaux scolaires ou non, mais en dehors de l'horaire normal de l'ensemble des élèves. En revanche, dès la 6e et en première langue, l'enseignement de ces langues doit être offert à tous, au même titre que n'importe quelle langue étrangère. Que penser de la place actuellement faite à la langue arabe dans l'enseignement secondaire français? A-t-on le droit, en France, aujourd'hui, de qualifier la langue arabe de langue rare? Est-il sérieux de diminuer le recrutement d'enseignants dans cette discipline, au motif qu'il n'y a pas de « demande »?

Au-delà de la question des origines nationales, le

système scolaire a beaucoup à faire, dans son organisation, dans sa pédagogie, pour s'adapter à la variété des populations scolaires afin de donner à chaque enfant des chances réelles de réussite. En dehors des questions purement pédagogiques, qui ne peuvent trouver de solutions générales tant elles sont liées aux particularismes locaux, des « aménagements » peuvent être envisagés pour alléger le problème scolaire, aménagements qui ne sont d'ailleurs pas tous spécifiques au problème immigré.

La répartition volontaire des enfants étrangers dans les écoles entraînerait certainement un amoindrissement des difficultés. Une telle répartition n'a rien d'utopique lorsqu'on sait que les écoles primaires sont nombreuses et que beaucoup de communes ont déjà mis en place des systèmes de ramassage scolaire.

Si l'on ne peut échapper à la concentration dans certaines écoles, il est alors nécessaire, et cela a déjà été réalisé dans certaines zones dites d'Éducation prioritaire, d'assurer une formation adaptée aux enseignants concernés, et également de les affecter en nombre suffisant dans les zones à fort taux d'immigrés afin d'alléger les effectifs des classes.

La mise en place d'enseignements de soutien pour les enfants en difficulté, qu'ils soient français ou étrangers, ne saurait résoudre les problèmes de l'école française. Toutefois, elle peut aider ces enfants à mieux assimiler les cours et à retrouver une ambition scolaire. Un tel effort pédagogique nécessite des moyens financiers incompatibles avec le budget actuel de l'Éducation nationale. Pourquoi les intervenants nécessaires ne pourraient-ils être recrutés dans le cadre d'un « service national civique » ouvert à tous, garçons et filles, qui pourrait se substituer partiellement au service militaire?

Les problèmes que connaît l'enseignement français actuellement, particulièrement dans les classes primaires et les collèges, dépassent la question immigrée. Là encore les immigrés apparaissent comme les révélateurs des faiblesses de la société française. On ne peut pas prétendre améliorer le niveau général des générations si l'on réduit l'effort financier sans imaginer une autre organisation. Les voies que nous proposons, qui peuvent intéresser aussi bien l'école primaire que le premier cycle du secondaire, peuvent être envisagées sans accroissement prohibitif des budgets; elles relèvent de la volonté politique.

Enfin, l'insertion des immigrés et de leurs enfants dans la société française ne pourra se faire sans qu'ils soient assurés de réelles perspectives d'emploi. Une telle position est, certes, difficile à affirmer dans le contexte actuel de fort chômage qui conduit, bien vite, à n'envisager les solutions que dans une perspective de départ des non-nationaux. Pourtant, il ne peut y avoir d'autre issue, nous l'avons montré tout au long de cet ouvrage. Les hommes ne peuvent être déplacés au gré des conjonctures économiques. L'installation en France est un fait, comme dans beaucoup d'autres pays développés. L'insertion professionnelle doit donc être favorisée pour tous les immigrés comme pour les Français et la formation, nécessitée par le bouleversement technologique, doit être offerte à tous.

Deux types de populations sont concernés. D'une part, les travailleurs qui doivent se reconvertir pour espérer trouver un nouvel emploi ou qui souhaitent améliorer

leur qualification, d'autre part, les jeunes qui arrivent
sur le marché du travail sans qualification.

En ce qui concerne la reconversion, les travailleurs
immigrés occupent une situation un peu à part dans la
mesure où ils sont en moyenne moins qualifiés que les
Français et dans leur grande majorité confrontés à des
problèmes de langue. Les difficultés sont donc amplifiées.
Des entretiens que nous avons eus, il ressort que la
formation des travailleurs non qualifiés n'en est qu'à son
balbutiement. Le premier problème est celui de la difficulté pour des populations très faiblement qualifiées
d'élaborer un projet, condition première de la réussite
d'une formation professionnelle. Le problème des coûts
est fréquemment soulevé. Là encore, il convient de bien
mener les calculs économiques. Des expériences origi-
nales, très peu nombreuses, ont permis de montrer que
ces coûts n'étaient pas prohibitifs. Ainsi, en 1986, dans
une entreprise de travaux publics, la reconversion des
personnels à licencier a fait l'objet d'une étude approfondie et individualisée par un organisme extérieur à
l'entreprise. Celle-ci a débouché sur des formations qui
ont permis le reclassement pour une dépense unitaire
supérieure de 10 000 F seulement, par rapport à celle
d'un licenciement; et sans conflit social. Ce genre d'ex-
périence montre la voie.

En ce qui concerne les jeunes, nous avons fait remarquer que les immigrés sortaient du système scolaire
encore plus démunis que les jeunes d'origine française.
Dans la région lyonnaise, 70 % des jeunes immigrés de
16 à 25 ans sont sans travail et sans qualification. On
est effrayé devant le risque d'exclusion de cette jeune
population. Les efforts entrepris en direction des jeunes

Français et immigrés sont réels. Et de nombreuses associations travaillent dans ce sens, souvent avec peu de moyens, et sans que leurs expériences puissent être connues, diffusées et reprises par d'autres. Ces efforts sont encore en deçà de ce qu'il faudrait faire. En particulier, des actions spécifiques d'apprentissage de la langue française doivent être menées en faveur de ces jeunes immigrés.

Il nous faut reconnaître la difficulté à « imaginer » l'organisation et la nature des formations à dispenser, et en conséquence le pessimisme quant à l'avenir de ces jeunes. Cela nous renforce dans notre conviction du rôle primordial de l'école et de l'effort qui doit y être porté si l'on ne veut pas alourdir le problème par l'arrivée de nouvelles générations sans formation.

CHAPITRE VII

L'Europe, l'Europe?

L'immigration est maintenant une réalité européenne. Pouvons-nous à partir de 1992 nous contenter de politiques nationales indépendantes et souvent très différentes?

Les différents pays européens, surtout ceux de l'Europe du Nord, se trouvent, face à la question immigrée, dans une situation comparable à celle de la France. On ne peut que regretter de voir cette question quasiment absente de la construction européenne, alors que des pays comme l'Allemagne fédérale, la Belgique, la Grande-Bretagne sont confrontés à l'installation des immigrés, à la clandestinité des séjours, à la pression des demandeurs d'asile pour ne citer que ces problèmes. Bien plus, les pays d'Europe du Sud, comme l'Italie, l'Espagne ou le Portugal, traditionnellement pays d'émigration, se transforment peu à peu, au fur et à mesure de leur développement, en pays d'immigration.

Il n'existe aucun organisme européen chargé de suivre l'évolution de la présence étrangère sur le territoire européen. Seul, le Système d'observation permanente des migrations internationales (SOPEMI), dépendant de l'OCDE, collecte les données statistiques fournies par chacun des pays adhérents. Cela n'a donc rien à voir avec le cadre européen, où aucune coordination spécifique n'est en place et où chaque pays a ses propres méthodes statistiques, d'une fiabilité variable et, surtout, d'une comparaison difficile. En effet, certains pays disposent de registres communaux qui leur permettent un état précis et régulier des étrangers résidents; d'autres, à l'instar de la France, établissent, au contraire, leurs statistiques à partir d'enquêtes du type de nos recensements qui n'ont, bien entendu, pas la même fiabilité. De plus, la notion d'étranger qui se définit par rapport à celle de national, recouvre des réalités différentes selon les pays, tant la notion de nationalité varie d'un pays à l'autre. Toutes ces précautions étant prises, il est possible d'esquisser ce qu'est l'immigration en Europe.

En ce qui concerne les pays d'Europe du Nord, leur situation est tout à fait comparable à celle de la France. Ainsi, la République fédérale d'Allemagne accueillait 4 483 000 étrangers, à la fin de l'année 1986, ce qui représentait à l'époque 7,2 % de sa population, un quart de ces étrangers étant de nationalité turque. La Belgique, elle, comptait au début de l'année 1985 près de 900 000 étrangers qui représentaient 9,1 % de la population totale. Les communautés les plus nombreuses sont constituées dans ce pays par les Français, les Italiens et les Marocains qui sont plus de 100 000 dans chaque groupe. Le Luxembourg, très petit pays, occupe une position quelque peu singulière, avec 100 000 étrangers recensés en 1983, soit 26 % de la population totale. Notons qu'ils sont tous d'origine européenne et en grande majorité de pays appartenant à la CEE. Les Pays-Bas accueillent, eux, environ 550 000 étrangers, soit 4 % de

leur population. Il est malheureusement impossible de
fournir une quelconque statistique pour le Royaume-Uni,
compte tenu de la complexité de la notion de nationalité.

TABLEAU N° 10

**Chiffres nationaux
établis selon les pays entre 1982 et 1986**

	RFA	*Belgique*	*France*	*Luxem-bourg*	*Pays-Bas*
Population étrangère	4 483 000	897 630	3 680 000	95 800	546 000
% Population totale	7,2	9,1	6,8	26,3	3,8
Population active étrangère	1 998 100	332 200	1 556 300	53 800	185 000
% Population active totale	9,0	7,7	6,6	37,0	3,8

Sources : OCDE-SOPEMI.

La situation des pays d'Europe du Sud a fortement
changé depuis une vingtaine d'années. L'Italie, l'Espagne
et le Portugal, et moindrement la Grèce, qui ont été des
pays d'émigration élevée, deviennent à leur tour des
terres d'accueil. Tout en voyant revenir leurs propres
ressortissants, en provenance des pays d'Europe du Nord,
ils commencent à accueillir des étrangers originaires des
pays du Maghreb, d'Afrique noire et d'Asie. D'autre
part, ces pays d'Europe du Sud n'enregistrent, maintenant, que très peu de départs de leurs ressortissants vers
les autres pays européens, sauf le Portugal où le taux

de chômage étant relativement plus élevé qu'ailleurs, le nombre de candidats à l'immigration a augmenté ces dernières années. Il semble également que le niveau de la composante clandestine soit assez élevé, en particulier en Italie et en Espagne.

Il serait bien délicat, en l'état actuel des informations, de dresser un bilan des mouvements de populations, et de donner ne serait-ce qu'une estimation du nombre de résidents étrangers sur les territoires des pays européens. Mais les ordres de grandeur sont les mêmes d'un pays à l'autre, et la question immigrée telle que nous l'avons décrite en France se pose de la même façon à l'échelle européenne, au moins du point de vue quantitatif. De nouvelles communautés étrangères sont apparues en provenance de pays géographiquement et culturellement de plus en plus lointains. Ainsi, en Belgique, pour ne citer que cet exemple, les communautés espagnole et portugaise diminuent relativement, face aux groupes originaires d'Afrique du Nord et de Turquie. Ces communautés d'origine de plus en plus lointaine s'établissent en Europe. Plusieurs facteurs en témoignent. La durée moyenne du séjour des étrangers augmente dans tous les pays qui ont importé de la main-d'œuvre étrangère, et corrélativement le nombre d'étrangers susceptibles d'obtenir un statut plus stable augmente. En Allemagne fédérale, 66 % de tous les étrangers, soit 2 000 000 de personnes, bénéficiaient d'un statut de résident permanent en 1985. L'équilibre démographique entre les hommes et les femmes est en voie de réalisation dans tous les pays. De même, on enregistre une forte réduction du nombre des retours en pays d'origine. Toujours en Allemagne fédérale, malgré la politique voyante d'aide au retour, le solde migratoire était à nouveau positif en 1985. Enfin, les difficultés de vie des populations issues de l'immigration, et les problèmes posés aux États sont identiques : les populations sont concentrées dans les zones urbaines – Bruxelles « accueille » le quart de la population étrangère résidant en Belgique –, ce qui induit inévitablement des problèmes de logement, de scolarisation et des tensions sociales, mais également des décisions discriminantes, contraires aux lois, de la part des autorités locales. Et malgré tout, l'intégration est une réalité. Les comportements des communautés se rapprochent de ceux des populations nationales. Ainsi en est-il de la natalité. Dans tous les pays européens, on enregistre une forte baisse du taux de natalité des populations étrangères.

Dans tous les pays d'Europe du Nord, ces populations étrangères, issues dans leur grande majorité de l'immigration du travail des années soixante, sont à peu près numériquement stabilisées. Les flux d'entrées qui existent encore sont presque exclusivement le fait du regroupement familial, qui nulle part n'est achevé. Le niveau des naissances étrangères sur les territoires des pays européens est devenu le principal facteur d'augmentation de la présence étrangère. Enfin, il faut noter le rôle des codes de nationalité dans les variations de ces populations. Ainsi, la Belgique qui a récemment modifié son code de nationalité en favorisant l'accès à la nationalité belge, notamment par voie d'automaticité, a réduit sa population étrangère de plus de 5 %, entre 1985 et 1986.

Par-delà ces problèmes, tous les pays européens sont confrontés à une présence clandestine non négligeable. Les pays d'Europe du Nord qui ont pris, au début des années soixante-dix, des mesures d'arrêt de l'immigration du travail, face à la montée du chômage, n'ont jamais pu endiguer une immigration clandestine qui touche aussi bien les travailleurs que leurs familles. Toutefois, le niveau numérique des clandestins reste inférieur à celui des étrangers en situation régulière. La situation des pays d'Europe du Sud est très différente. Il semble que les mesures restrictives prises par les pays du Nord, aient en quelque sorte déplacé le problème vers ceux du Sud européen, qui depuis cette époque sont confrontés à une arrivée continue d'étrangers qui vont vivre en situation irrégulière. Il y aurait, d'après certains travaux de recherches, 700 000 étrangers clandestins en Italie, alors qu'ils n'étaient que 100 000 au début des années soixante-dix. L'Espagne en « accueillerait » 450 000, c'est-à-dire dix fois plus qu'il y a dix ans. Le Portugal et la Grèce seraient moins touchés par cette immigration irrégulière d'origine maghrébine mais également d'Afrique orientale.

Dernière réalité d'une immigration européenne, la pression des demandeurs d'asile a considérablement augmenté depuis le début des années soixante-dix.

A l'heure actuelle la question immigrée n'a pas de dimension politique européenne, elle est du ressort de chacun des pays membres et personne, ni les États ni les instances communautaires, ne cherche à intervenir pour modifier cette situation. Le phénomène migratoire évolue depuis une vingtaine d'années d'une façon comparable dans tous les pays d'Europe, ceux du Sud ressemblant de plus en plus à ceux du Nord. Cependant, il n'est pas sûr que les problèmes, bien que semblables, doivent être traités de la même façon partout, et les pays ont parfois des attitudes très différentes.

Toutefois, un certain nombre de faits risquent de changer les données du problème. Le poids de la communauté musulmane à l'échelle européenne est important, les pays d'origine des membres de cette communauté sont beaucoup plus variés que ceux de la communauté musulmane étrangère présente en France, essentiellement maghrébine. Cela pourrait entraîner une redistribution des rapports de forces à l'intérieur de l'Europe avec des conséquences sur la position européenne dans les relations Nord-Sud. Or, il semble qu'actuellement les pays européens, que ce soit l'Allemagne fédérale, la Belgique ou la France, aient vis-à-vis des demandes des populations musulmanes des attitudes très différentes.

D'autre part, la mise en place à partir de 1992 des décisions contenues dans l'Acte unique européen passe sous silence la question immigrée. Outre les mesures de contrôle aux frontières de l'Europe, vis-à-vis des étrangers arrivant d'un pays tiers, une coordination des politiques concernant les immigrés résidents est indispensable si l'on ne veut pas voir chaque pays « évacuer » ses problèmes chez le voisin. Il ne saurait par exemple être question de politique de retour non coordonnée dans un espace où l'on peut passer sans formalité d'un pays à un autre. De plus, il faudra bien résoudre le problème de la circulation à l'intérieur de l'Europe des ressortissants des pays tiers : ne risque-t-on pas de voir poindre un contrôle au faciès dès l'entrée en vigueur de l'Acte unique, lors du franchissement des frontières intérieures ? Ne devrait-on pas réfléchir au statut de ces populations nombreuses, juridiquement étrangères mais résidant en

Europe? Il y a, de notre point de vue, une harmonisation des politiques de l'immigration à mener en Europe. Et la France, historiquement pays d'immigration, qui a des relations privilégiées avec nombre de pays d'origine du fait de son passé colonial et de son rôle international peut et doit animer une telle réflexion à l'échelle européenne.

CHAPITRE VIII

S'organiser autrement

*Des moyens relativement importants, totalement dispersés.
Des connaissances, notamment statistiques, insuffisantes et
trop souvent tournées vers le passé. Des expériences de
terrain, nombreuses, trop souvent ignorées. La nécessité de
créer un « Centre du savoir » et une structure interministérielle pour une véritable politique de l'immigration.*

Particulièrement éclatée, l'organisation administrative
actuelle, mise en place au fur et à mesure qu'apparais-
saient les besoins, ne permet pas d'assurer une réelle
efficacité des politiques liées à l'immigration. L'État se
réserve la part de l'action qui ressortit strictement au
service public, et de ce fait, la plupart des départements
ministériels sont concernés. L'État agit également par
l'intermédiaire d'organismes placés sous sa tutelle, mais
disposant d'une plus ou moins grande autonomie financière ou juridique. Ce sont les organismes dits « décentralisés ». On est en droit de se demander si du strict
point de vue administratif les moyens financiers, qui ne
sont pas négligeables, sont utilisés dans les meilleures
conditions et, plus avant, s'il ne faut pas agir différem-
ment.

A chacun ses immigrés

Pour donner une idée de la dispersion de l'action administrative concernant l'immigration, il n'est pas inutile de passer en revue les principaux ministères et organismes publics en charge du problème, ainsi que leur domaine de compétence principal.

Au ministère des Affaires sociales, la Direction de la population et des migrations est chargée de préparer et de proposer les mesures générales relatives à la politique démographique, aux migrations internationales, au statut et à l'insertion des communautés immigrées, ainsi qu'à l'acquisition de la nationalité française. Elle participe également à leur mise en œuvre. Le ministère intervient encore dans les questions de logement, à travers le secrétariat général de la Commission nationale pour le logement des immigrés (CNLI) qui lui est rattaché. Ce secrétariat prépare et met en œuvre la politique spécifique de l'État en ce qui concerne le logement des travailleurs immigrés et de leurs familles. Enfin, le ministère des Affaires sociales dispose de la Mission de liaison interministérielle pour la lutte contre les trafics de main-d'œuvre, créée pour animer et coordonner les actions dirigées contre l'introduction, l'emploi et l'hébergement irréguliers de main-d'œuvre étrangère.

Le ministère de l'Intérieur a, lui, en charge l'ensemble des mesures de police. La Direction des libertés publiques y est responsable de la mise en place de la réglementation du séjour des étrangers et du suivi de l'application des textes par les préfectures. A travers les services préfectoraux, il assure la gestion des dossiers de demande de nationalité et d'établissement des titres de séjour dont il assure la fabrication.

Le ministère des Affaires étrangères intervient dans les accords internationaux d'État à État et dans les questions de nationalité et de coopération.

La Direction des affaires civiles du ministère de la Justice est chargée, elle aussi, des questions relatives au code de nationalité.

Enfin, plusieurs ministères ont à prendre en compte la dimension immigrée dans une partie de leurs actions. C'est le cas du ministère du Logement qui gère le « 0,1 % » affecté aux logements des étrangers, à travers la CNLI. Il en est de même du ministère de l'Éducation nationale, où presque tous les services sont concernés bien qu'aucun d'entre eux ne soit expressément chargé des questions de scolarisation des enfants d'immigrés, ou du ministère de la Défense qui assure la gestion du service militaire des binationaux. Le ministère de l'Agriculture traite, lui, des questions concernant les travailleurs saisonniers agricoles.

De leur côté, les organismes décentralisés mènent directement ou indirectement l'essentiel de l'action publique concernant le recrutement, l'accueil, l'insertion, l'information, la formation et le logement des intéressés. Le plus connu d'entre eux, l'Office national d'immigration est un établissement public administratif, placé sous la tutelle conjointe du ministère des Affaires sociales et du ministère des Finances. Sa mission a évolué depuis sa création en même temps que le phénomène migratoire et ses problèmes. A l'origine, nous l'avons vu, il était chargé de recruter, sélectionner et introduire en France

la main-d'œuvre étrangère nécessaire à l'économie nationale. Puis l'ONI a assuré l'introduction des familles.
Depuis l'arrêt de l'immigration du travail et la baisse
des flux d'entrée qui a suivi, les missions de l'ONI ont
été élargies et cet organisme est maintenant également
chargé de gérer les mesures d'aide au retour. L'évolution
n'est d'ailleurs pas terminée puisqu'il est question de
donner à l'Office la responsabilité des Français résidant
à l'étranger. Il dispose d'un budget annuel d'environ
650 millions de francs.

Le Fonds d'action sociale pour les travailleurs immigrés
et leurs familles (FAS) est, comme l'ONI, un établissement public administratif soumis aux mêmes tutelles
ministérielles. A l'heure actuelle, le FAS a pour mission
de développer des actions incitatives d'aide à l'insertion,
complémentaires des actions de droit commun, de renforcer la cohérence des interventions et d'améliorer le
contrôle des activités subventionnées. Cet organisme agit
principalement par l'intermédiaire de nombreuses associations dont il finance, en partie, le fonctionnement.

Le Service social d'aide aux émigrés (SSAE) est
juridiquement une association de 1901, qui gère un
budget annuel d'un peu plus de 100 millions de francs,
financée entre autres par le ministère des Affaires sociales
et le FAS. Sa mission était, à l'origine, de venir en aide
aux migrants en facilitant leur adaptation et leur établissement en France. A l'heure actuelle, cette association prend en charge les migrants les plus défavorisés
que sont les apatrides, les demandeurs d'asile ou certaines familles particulièrement démunies.

Le Centre de Sécurité sociale des travailleurs migrants
(CSSTM) fonctionne comme un établissement public

administratif et ses missions de liaison entre les États au sujet des questions de Sécurité sociale s'inscrivaient, lors de sa création, dans le seul cadre de la CEE. Depuis, le Centre assure, pour l'ensemble des étrangers, une triple mission. Il est chargé de la traduction de documents, pour laquelle il reçoit un financement de la CEE, du transfert des prestations sociales à l'exception des prestations « vieillesse », et d'une mission générale d'information juridique qui s'adresse aussi bien aux étrangers vivant en France qu'aux Français résidant à l'étranger.

L'Agence pour le développement des relations interculturelles (ADRI) est une association de type 1901, dont la mission est de favoriser l'insertion des populations immigrées. Pour ce faire, elle est liée par convention au ministère des Affaires sociales pour des actions en direction de toutes les institutions françaises concernées par l'immigration. De plus, elle entretient des relations suivies avec les diverses communautés étrangères et leurs associations. L'ADRI qui est principalement financée par le FAS a toujours eu un fonctionnement difficile. Elle est dotée d'un budget annuel de 40 millions de francs.

La Société nationale de construction des logements pour les travailleurs (SONACOTRA), qui est une société d'économie mixte à but non lucratif, se trouve au service des pouvoirs publics – État et collectivités locales – pour satisfaire aux besoins des familles à revenus modestes et des travailleurs isolés, en particulier immigrés, dans les domaines du logement, de la construction, de la rénovation et de la gestion. Le montant total des opérations menées par la SONACOTRA en 1986 s'est élevé à 820 millions de francs.

La question des réfugiés est entièrement prise en charge par l'Office français pour les réfugiés et apatrides (OFPRA), établissement public à caractère administratif qui, bien qu'étant sous tutelle du ministère des Affaires étrangères, dispose d'une grande autonomie.

Cette description ne fait pas apparaître l'organisation propre à chacun des établissements. Plusieurs d'entre eux disposent d'antennes régionales de façon à éviter un centralisme inadapté aux actions de terrain.

Les moyens financiers publics mis en œuvre pour assurer l'ensemble des actions spécifiquement tournées vers les populations immigrées ne sont pas négligeables (cf. Annexes : tableau n° 23). L'État et la Caisse nationale d'allocations familiales (CNAF) sont les principales sources de financement, mais certains organismes décentralisés disposent, en plus, de ressources propres. En 1986, l'État y a consacré environ 1 700 millions de francs. Il a financé des actions d'aide à la réinsertion par une subvention de 450 millions de francs au budget de l'ONI et des actions concernant le logement des immigrés, par l'intermédiaire de la CNLI, à hauteur de 1 000 millions de francs. L'État a également consacré une part de son budget aux organismes chargés des réfugiés. Le SSAE et l'OFPRA ont ainsi bénéficié de subventions d'un montant total de 80 millions de francs. Enfin l'État a participé, à hauteur de 10 millions de francs, aux actions culturelles menées par l'ADRI et il a apporté ponctuellement son financement à d'autres organismes à travers des contrats. L'autre principal intervenant financier, la CNAF, a attribué en 1986 une subvention d'un peu plus de 1 000 millions de francs au budget du FAS. Cet établissement public, qui redistribue les financements en

fonction de sa propre politique, a apporté un concours
financier au SSAE, à l'ADRI et à la SONACOTRA,
ainsi qu'à de multiples associations nationales ou locales
travaillant pour l'insertion d'étrangers.

Il nous faut enfin souligner que la plus grande part
des budgets des organismes que nous avons cités est
consacrée aux actions elles-mêmes, et que les coûts de
fonctionnement desdits organismes ne concernent qu'environ 2 % de leurs budgets.

Il ne s'agit pas ici de dresser un inventaire, pour
l'ensemble des services publics, des coûts dus à la présence des immigrés. Les références financières que nous
venons de mentionner ne prennent, par exemple, pas en
compte le fonctionnement des services ministériels tant
centraux qu'extérieurs, pas plus que ceux des collectivités territoriales. Il s'agit davantage de montrer qu'un
certain nombre d'organismes responsables de l'insertion
des étrangers gèrent des budgets annuels relativement
importants, et que l'efficacité de cet effort financier
pourrait être améliorée par une organisation différente.

La réforme nécessaire

Nous avons exposé dans le corps de cet ouvrage quelles
étaient, de notre point de vue, les composantes d'une
politique « d'immigration » pour la France en cette fin
des années quatre-vingt : contrôle, retour, insertion, en
insistant sur l'urgence de l'insertion. Ces domaines
relèvent à la fois du niveau national et du niveau local.
Par suite, les décisions et actions qui en découlent,
peuvent donc être du ressort de l'État ou des pouvoirs

locaux. Toutefois, nombre d'actions de terrain sont prises en charge directement par la société civile, en particulier à travers le système associatif. Nombreux sont donc en fait ceux qui, à un titre ou à un autre, interviennent en direction des populations immigrées. Constatons au passage une réelle perte d'efficacité dans l'émiettement administratif, dans l'isolement des acteurs locaux ou l'ignorance dans laquelle sont maintenues les populations. En analysant l'organisation actuelle, et en replaçant cette analyse dans une réflexion plus large sur la nature de la démocratie dans un pays comme la France à la fin des années quatre-vingt, il nous est apparu qu'un certain nombre de fonctions nécessaires à la réussite d'une politique de la question immigrée n'étaient pas assurées. Trois réalités doivent être, à notre sens, prises en compte.

En premier lieu, c'est l'importance du pouvoir local dans le cadre de la décentralisation qui doit être affirmée. On peut presque dire que la responsabilité de l'insertion lui incombe totalement. Que l'on prenne le logement, l'école, la formation ou le domaine social, les pouvoirs locaux, qu'ils soient régionaux, départementaux ou communaux sont concernés. La région Ile-de-France peut-elle se désintéresser de la « question immigrée » quand 40 % des étrangers vivent sur son territoire?

La seconde réalité est celle du rôle des médias, du formidable outil qu'ils représentent pour une action pédagogique sur la question immigrée, et des inévitables risques qui en découlent si aucun organisme n'est en mesure de fournir des données incontestables. Comment se fait-il que les chiffres les plus fous puissent circuler sur le nombre d'étrangers, de clandestins, de binationaux faisant leur service militaire en Algérie et non en France, de délinquants étrangers, sans qu'aucune autorité compétente intervienne? Imagine-t-on les responsables gouvernementaux laisser publier n'importe quel taux d'inflation, sans réagir?

Enfin, on ne peut plus faire abstraction de la nécessité, devenue réalité, d'une sorte de contrôle permanent par la société civile sur les décisions gouvernementales ou administratives. Le bulletin de vote ne représente plus un blanc-seing pour la durée du mandat : que l'on se souvienne des réactions face au projet de loi concernant le statut de l'école libre, en 1984, ou plus récemment encore face au projet de loi portant sur la réforme universitaire, à la fin de 1986. Le projet de code de nationalité a dû, lui aussi, être retiré en 1987 par le gouvernement qui l'avait élaboré. La décision politique est « surveillée » et de ce fait implique de la part des responsables une connaissance approfondie des problèmes.

Ces réflexions doivent nous aider à penser une autre organisation pour réussir, enfin, la politique envers les populations issues de l'immigration. A partir de ce qui existe, il nous semble nécessaire de regrouper les moyens autour de deux grands pôles, l'un de statut public, initiateur de la politique, l'autre de statut privé, carrefour du savoir.

L'action publique pour une telle politique, communément qualifiée de « transversale », devrait s'inscrire dans une démarche interministérielle, semblable à celle qui a été suivie en matière d'aménagement du territoire.

Si l'on considère, par exemple, le travail des ministères, la présentation qui en a été faite ne doit pas faire illusion. Les compétences de chaque ministère semblent bien définies sur le papier, elles le sont manifestement beaucoup moins dans le travail quotidien. Cela n'est d'ailleurs pas propre à la question immigrée, mais relève davantage du « mal français » que chacun connaît. On est en droit de se demander si une telle dilution et ses inévitables conflits de compétences est de nature à susciter au sein de l'administration et des services, l'émulation ou la dérobade. Le problème du statut de la Grande Mosquée de Paris, abordé dans plusieurs départements ministériels, sans être jamais traité au fond, n'en est qu'un exemple. On s'occupe de nationalité partout : au ministère de la Justice, au ministère de l'Intérieur, au ministère des Affaires sociales, au ministère des Affaires étrangères. Ici, on délivre les certificats de nationalité, là, on comptabilise les acquisitions de nationalité, ici on prend en charge les dossiers, là on mène les discussions avec les États tiers. On peut évidemment concevoir que plusieurs ministères soient concernés. Malheureusement, le projet gouvernemental sur la réforme du code de nationalité s'est révélé bien peu adapté, et la solution qui a été adoptée pour, enfin, se donner les moyens de traiter le problème est pleine d'enseignements : il a bien fallu admettre que la réforme du code de nationalité devait s'inscrire dans une politique d'ensemble qu'aucun des ministères concernés n'avait les moyens techniques ou politiques de mettre en œuvre.

Enfin, les actions des différents ministères, en direction des populations immigrées, entrent suffisamment en résonance pour rendre indispensable une coordination au plus haut niveau.

Une telle délégation interministérielle, placée sous l'autorité du Premier ministre, ou d'un ministre désigné à cet effet, aurait en charge la « question immigrée » et se trouverait naturellement à l'origine des politiques induites. Cette délégation devrait donc être en mesure d'assurer la cohérence politique des actions entreprises par les principaux ministères et éviter autant que faire se peut les conflits de compétence. Elle permettrait la prise en compte de la dimension immigrée dans un certain nombre de politiques nationales, comme par exemple la politique scolaire. Elle aurait en charge de définir les politiques spécifiques, par exemple les politiques de retour si elles doivent exister.

Enfin, cette délégation qui devrait trouver ses moyens par redistribution afin de ne pas entraîner de coûts supplémentaires, aurait également en charge d'orienter certains travaux de recherche, d'assurer une formation aux personnels de l'État en contact avec les immigrés, d'assurer la liaison avec les instances européennes en charge de ces problèmes et enfin de fournir chaque année au Parlement un rapport sur la question immigrée et son évolution afin que celui-ci puisse exercer son contrôle.

En ce qui concerne le savoir, la tâche est immense compte tenu de la situation dans laquelle nous nous trouvons. L'organisme qui en serait chargé, que nous appelons « Association-Fondation », pour souligner son caractère privé, sans pour autant l'enfermer dans un statut juridique précis, est absolument essentiel à la mise en place d'une politique adaptée et à sa réussite.

Il s'agit d'abord d'améliorer la connaissance des faits. Nous avons insisté, tout au long de cet ouvrage, sur l'incertitude qui planait sur bon nombre de statistiques et sur le fait que d'autres étaient tout simplement inexistantes. Comment travailler sur les questions de nationalité quand on ne sait même pas combien et surtout qui sont les enfants concernés par l'article 44 du code de nationalité, pour ne citer que cet exemple? Comment et peut-être pourquoi mettre sur pied une politique de retour, quand personne n'est en mesure de chiffrer les départs volontaires qui existent, sans aucune incitation? Comment peut-on réfléchir aux problèmes éventuels posés par le choix des binationaux algériens-français sur le lieu de leur service national, quand les services concernés ne peuvent fournir la moindre statistique fiable?

Cette non-connaissance dans de nombreux domaines concernant les immigrés risque d'enlever toute réalité aux politiques mises en œuvre, et de plus, elle ouvre la voie aux publications les plus fantaisistes, et aux inévitables fantasmes qui en découlent. D'autre part, face à la complexité de la question immigrée, la connaissance doit dépasser le simple travail de comptabilisation statistique d'étrangers. Le critère de nationalité ne peut suffire, nous l'avons souligné, à embrasser l'ensemble du problème. Il y a un énorme travail à mener, qui relève du domaine des sciences humaines. On ne peut, en effet, continuer à considérer les secondes générations comme des primo-immigrants, et l'insertion de ces populations, issues de l'immigration, se fait peut-être difficilement, mais probablement beaucoup plus vite qu'on ne veut bien le croire. Connaît-on d'ailleurs vraiment les mécanismes qui dans notre société favorisent l'insertion? Nombreux sont les domaines qui doivent maintenant être approfondis. Certains le sont ou l'ont été, cela est vrai, mais malheureusement, les études ou recherches qui en résultent ne sont que trop rarement diffusées en dehors de milieux spécialisés et il semble que trop de responsables de la politique, de l'administration ou des médias s'appliquent à les ignorer.

Nombre d'expériences, touchant à la formation professionnelle, à l'école, au retour, sont réalisées sans qu'il y ait volonté de les « rentabiliser ». D'une part, les responsables politiques ne peuvent continuer de se priver de l'apport des spécialistes et des gens de terrain. Les avatars de la réforme du code de nationalité sont à ce titre éloquents. D'autre part, les acteurs de l'insertion, qu'ils soient responsables politiques, locaux ou membres d'associations, ressentent fortement le gâchis que constitue la non-communication des expériences et de leurs bilans, qui conduit inévitablement à ce que chacun tâtonne dans son coin et au besoin échoue une fois encore, là où d'autres ont déjà échoué.

A partir de cette connaissance largement diffusée, il est alors possible d'envisager une véritable pédagogie. Un tel effort est à mener dans deux directions. En premier lieu, il s'agit de la formation de tous ceux dont le travail se rapporte à la question immigrée. Cela existe déjà pour certaines professions comme celle des enseignants. Mais l'effort pédagogique sur la question immigrée est à faire pour tous et en particulier pour les personnels des administrations de police, des services préfectoraux, des offices de logement, des services des régimes sociaux, pour ne citer que ceux qui côtoient régulièrement les immigrés et leurs problèmes. En second lieu, c'est d'une pédagogie en direction de l'ensemble de la population qu'il s'agit. Il faut informer sur la réalité actuelle de l'immigration, sur l'histoire de l'immigration dans notre pays, sur la situation des autres pays développés face à cette question. Il faut que cette information nous aide à dépasser les discours trop simplistes qui ne correspondent pas à ce que vivent les populations.

Les missions de cet organisme sont donc à créer totalement. Nous avons senti, de la part de nos interlocuteurs, un réel enthousiasme pour une telle Fondation, indépendante de l'État et de l'administration, mais en constante liaison avec eux, véritable centre du savoir sur la question immigrée qui pourrait enfin répondre aux exigences de connaissance, de crédibilité, de communication et de pédagogie dont nous avons tant besoin.

Cela n'est, bien entendu, qu'une réflexion sur une possible organisation donnant les moyens d'une politique coordonnée et s'appuyant sur la connaissance. Immédiatement, se pose le problème du financement. Nous avons voulu montrer, bien que très rapidement, que les moyens financiers existaient, peut-être mal utilisés, et donc susceptibles de redistribution. Pour toutes ces raisons, il nous semble que la première tâche à mener, si l'on s'accorde sur les principes exposés ici, est de se donner les moyens d'une réflexion sur une nouvelle organisation administrative et une autre répartition financière. Nous avons déjà eu l'occasion à la fin de 1986 de proposer la mise en place d'une Commission de réflexion et de proposition sur l'ensemble de la question immigrée. L'idée fera-t-elle son chemin jusqu'au bout?

Enfin, au-delà de l'organisation administrative, nous avons évoqué la nécessité d'un contrôle politique et suggéré la création d'une Commission parlementaire spécialisée, chargée de suivre l'ensemble des mesures concernant l'immigration et régulièrement informée de ces problèmes par la délégation interministérielle. D'autre part, on peut également envisager la remise au Parlement d'un rapport annuel dressant l'état de l'immigration, comme c'est le cas pour la démographie.

Tout cela pourrait être un excellent moyen de faire prendre en compte la question immigrée par l'ensemble de la société française à travers ses élus.

Conclusion

Notre ambition en écrivant ce livre était de rassembler de la façon la plus simple et la plus sereine possible un certain nombre de données sur la question immigrée en France, avec un rapide regard sur l'Europe d'aujourd'hui.

Nous avons maintenant une conviction. Parce qu'elle a une histoire commune avec une grande partie de ces populations venues ou issues de l'immigration, parce qu'elle est également un des maillons essentiels de la construction européenne, la France se trouve par rapport à ce problème dans une position très particulière. Sa réponse à la « question immigrée » dépasse maintenant les limites de son territoire, que ce soit en Europe ou en Méditerranée.

C'est en cela que la question immigrée est d'abord une question française. Il y va de la cohésion de notre corps social comme de l'avenir de nos relations avec nos partenaires.

ANNEXES
TABLEAUX N°s 11 À 25

TABLEAU N° 11

Ensemble de l'immigration des travailleurs de 1970 à 1988

| ANNÉE | TRAVAILLEURS | | | | |
| | Permanents | | APT | Saisonniers | Ensemble |
	Non CEE	CEE			
1970	165 459	8 784		135 058	309 301
1971	127 720	8 284		137 197	273 201
1972	90 015	8 059		144 492	242 566
1973	122 116	9 939		142 458	274 513
1974	53 435	11 026		131 783	196 244
1975	15 759	9 832		124 126	149 717
1976	17 253	9 696		121 474	148 423
1977	14 249	8 507		112 116	134 872
1978	10 021	8 335		122 658	141 014
1979	9 225	8 170		124 715	142 110
1980	9 444	7 926		120 436	137 806
1981	25 773	7 600		117 542	150 975
1982	89 162	7 800		107 084	204 046
1983	10 740	6 670	1 073	101 857	120 340
1984	5 177	5 584	1 043	93 220	105 024
1985	4 520	5 196	1 243	86 180	97 139
1986	5 180	4 687	1 371	81 670	92 908
1987	5 319	5 390	1 522	76 647	88 878
1988	6 564	6 141	1 889	70 547	85 141

Source : OMI (ex. ONI).

TABLEAU N° 12
**Étrangers réfugiés titulaires d'un titre de séjour
et enfants de moins de 16 ans en 1984**

Nationalités	Total	Nationalités	Total
Afghans	580	Laotiens	29 336
Africains du Sud	37	Lettons	133
Albanais	397	Libanais	40
Algériens	92	Libériens	107
Provenance d'Allemagne	129	Lituaniens	202
D'origine allemande	39	Malaisiens	5
Angolais	631	Malgaches	14
Argentins	545	Maliens	20
Arméniens	4 643	Marocains	101
Provenance d'Autriche	20	Mexicains	6
D'origine autrichienne	18	Mozambiquois	1
Béninois	50	Nicaraguayens	2
Biélorusses	25	Nigérians	35
Birmans	3	Nigériens	36
Boliviens	103	Ougandais	18
Brésiliens	33	Pakistanais	280
Bulgares	496	Palestiniens	93
Burundais	24	Paraguayens	30
Cambodgiens	36 394	Péruviens	67
Camerounais	41	Polonais	8 767
Centrafricains	64	Portugais	95
Chiliens	5 156	Roumains	2 911
Chinois	728	Ruandais	17
Colombiens	90	Russes	3 888
Congolais	178	D'origine russe	365
Cubains	98	Salvadoriens	34
Cypriotes	2	San Marinais	2
Égyptiens	240	Sénégalais	3
Équatoriens	17	Singapouriens	1
Espagnols	1 731	Somaliens	2
Estoniens	83	Sri-Lankais	968
Éthiopiens	265	Syriens	122
Finlandais	1	Tanzaniens	10
Gambiens	4	Tchadiens	58

Géorgiens	135	Tchécoslovaques	957
Ghanéens	924	Tibétains	4
Guatémaltèques	17	Togolais	65
Guinéens	460	Tunisiens	34
Haïtiens	2 475	Turcs	4 149
Honduriens	1	Ukrainiens	1 210
Hongrois	2 283	Uruguayens	615
Indiens	14	Vietnamiens	30 931
Indonésiens	28	Voltaïques	2
Irakiens	75	Yéménites	2
Iraniens	1 905	Yougoslaves	3 478
Israéliens	5	Zaïrois	3 703
Italiens	56		
Ivoiriens	1	Divers	1 074
Jordaniens	4		
		Total étrangers réfugiés	155 363

Source : ministère de l'Intérieur.

TABLEAU N° 13

Personnes entrées en France au titre de l'immigration familiale de 1971 au 31 décembre 1988

Année d'immigration	Allemands	Espagnols	Italiens	Marocains	Portugais	Tunisiens	Algériens	Turcs	Yougoslaves	Autres nationalités, dont Algériens	Totaux
1971	393	9 636	3 360	6 939	49 492	3 962	4 052	763	2 617	7 334	81 496
1973	285	6 255	2 788	12 075	31 861	4 763	5 421	2 732	2 523	9 365	72 647
1974	451	4 709	2 798	13 798	23 398	4 347	5 663	5 551	2 395	10 591	68 038
1976	–	1 602	–	17 969	13 703	4 194	5 832	8 927	1 253	9 729	57 377
1977	–	1 064	–	16 521	11 048	4 101	6 365	7 303	1 078	11 203	52 318
1978	–	778	–	12 218	7 038	3 837	5 565	5 697	658	9 897	40 123
1979	–	659	1	12 007	5 775	3 449	6 619	6 267	434	10 728	39 300
1980	–	604	1	13 602	4 864	3 380	7 902	7 084	362	12 123	42 020
1981	–	657	–	14 225	4 548	3 526	7 166	7 385	409	10 839	41 589
1982	3	944	1	16 847	5 839	4 108	9 094	5 897	368	13 389	47 397
1983	4	1 131	3	14 319	5 891	4 079	8 058	6 620	500	13 220	45 767
1984	1	849	3	10 816	4 506	3 155	7 305	5 418	454	14 419	39 621
1985	–	620	–	8 613	3 866	2 339	6 104	4 327	359	12 421	32 545
1986	1	196	–	7 720	1 631	2 233	–	4 267	361	10 741	27 140
1987	2	23	–	7 999	172	2 413	–	4 608	444	11 108	26 769
1988	–	20	1	10 069	169	2 653	–	4 657	472	11 304	29 345

Source : OMI (ex. ONI).

TABLEAU Nº 14

Évolution des naissances légitimes
d'origine française et étrangère

ANNÉE	ENFANTS LÉGITIMES NÉS VIVANTS					POUR CENT ENFANTS LÉGITIMES		
	Total	*Deux parents français*	*Père français Mère étrangère*	*Père étranger Mère française*	*Deux parents étrangers*	*Deux parents français*	*Couples mixtes*	*Deux parents étrangers*
1956	752 218	718 849	1 221	14 469	17 679	95,6	2,1	2,3
1966	809 060	739 253	2 797	16 786	50 224	91,4	2,4	6,2
1976	658 926	577 397	3 386	13 444	64 699	87,6	2,6	9,8
1983	629 674	538 542	5 723	14 066	71 343	85,5	3,2	11,3

Source : INED.

TABLEAU Nº 15

Évolution récente de l'ensemble des naissances
selon l'origine des parents

ANNÉE	TOTAL DES NAIS-SANCES *	DONT NAISSANCES LÉGITIMES				DONT NAISSANCES ILLÉGITIMES	
		Ensemble	*2 parents français*	*2 parents étrangers*	*1 parent étranger*	*Ensemble*	*de mère étrangère*
1981	805 483	703 337	609 853	72 896	20 588	102 146	6 890
1983	748 525	629 674	538 542	71 341	19 791	118 851	8 170
1984	759 939	624 674	534 578	69 822	20 274	135 265	8 949
1985	768 431	617 939	530 442	67 037	20 460	150 492	9 470
1986	778 468	607 786	523 016	63 840	20 930	170 682	10 242
1987	767 828	582 902	503 299	58 796	20 807	184 926	10 273

Source : INSEE.

* Y compris les faux morts-nés.

TABLEAU N° 16

**Évolutions respectives des populations étrangères
et des naissances d'origine française et étrangère**

Année	1960	1968	1975	1985
Pourcentage de la population étrangère dans la population totale	4,5 %	5,3 %	6,5 %	6,8 %
Pourcentage des naissances de deux parents étrangers dans l'ensemble des naissances	3,6 %	6,7 %	9,5 %	11,0 %
Pourcentage des naissances de deux parents français dans l'ensemble des naissances	94,3 %	91 %	88 %	86,0 %
Pourcentage des naissances mixtes dans l'ensemble des naissances	2,1 %	2,4 %	2,5 %	3,0 %

Source : INSEE.

TABLEAU N° 17

**Pourcentage des femmes
dans les populations totales française, étrangères
et par continent d'origine**

ORIGINE DES POPU-LATIONS	ÂGE *(Situation en 1982)*						ENSEMBLE DES POPU-LATIONS	
	0-14 ans	15-24 ans	25-34 ans	35-54 ans	55-64 ans	> 65 ans	1982	1975
Étrangers	48,5	49,0	43,3	32,7	35,8	52,5	42,8	40,0
Europe	48,6	49,7	46,7	42,4	41,0	54,2	46,7	45,8
Afrique	48,9	49,2	40,6	20,5	18,6	34,6	38,1	30,4
Asie	46,3	43,8	40,7	37,6	50,5	56,1	43,5	33,6
France	48,8			50,7		61,6		

Source : INSEE.

TABLEAU N° 18

**Nombre moyen d'enfants par femme
suivant la nationalité de la femme**

Nationalité	*1968*	*1975*	*1982*
Italienne	3,32	2,12	1,74
Espagnole	3,20	2,60	1,77
Portugaise	4,90	3,30	2,17
Algérienne	8,92	5,28	4,29
Marocaine	3,32	4,68	5,23
Tunisienne	–	5,27	5,20
Turque	–	–	5,05
Ensemble :			
des étrangères	4,01	3,33	3,20
des Françaises	2,50	1,84	1,84
de la population féminine	2,57	1,93	1,91

Source : INSEE.

TABLEAU Nº 19

**Évolution récente des effectifs
et des pourcentages d'enfants étrangers scolarisés
dans l'enseignement public**

	1982-1983	*1983-1984*	*1984-1985*
Pré-élémentaire	227 291 10,9	234 773 11,0	240 423 10,9
Élémentaire	408 674 11,0	421 931 11,7	422 013 12,1
Initiation	9 338 87,6	7 880 88,0	6 210 88,3
Spécial	18 731 18,9	18 325 19,6	17 755 20,4
TOTAL 1ᵉʳ DEGRÉ	664 034 11,2	682 909 11,7	686 401 11,9
1ᵉʳ cycle	174 869 7,1	187 865 7,6	198 159 7,8
CPPN-CPA	18 342 12,1	17 486 12,7	16 563 12,4
2ᵉ cycle court	61 537 9,8	64 667 10,2	67 365 10,7
2ᵉ cycle long	32 750 3,8	35 478 4,0	37 907 4,3
TOTAL 2ᵉ DEGRÉ	287 498 7,1	305 496 7,4	319 994 7,7
Autres	20 393 16,4	21 105 16,9	21 530 17,1
TOTAL GÉNÉRAL	953 925 9,4	1 009 510 10,0	1 027 925 10,2

Source : ministère de l'Éducation nationale.

TABLEAU N° 20

**Répartition des élèves étrangers
en pourcentage de chaque nationalité
selon le niveau d'enseignement
1982-1983**

	Premier cycle	CPPN-CPA (a)	Deuxième cycle court	Deuxième cycle long	SES/GCA (b)	Total
Algériens	52,6	5,8	24,3	9,5	7,8	100,0
Marocains	56,1	7,3	20,0	9,5	7,1	100,0
Tunisiens	56,3	5,1	21,1	10,5	7,0	100,0
Africains francophones	47,0	2,0	16,5	32,8	1,7	100,0
Autres Africains	48,1	3,9	21,0	25,5	1,5	100,0
Espagnols	55,4	4,1	22,5	14,8	3,2	100,0
Portugais	58,3	6,9	21,8	6,8	6,2	100,0
Yougoslaves	62,7	4,0	18,4	12,0	2,9	100,0
Italiens	52,4	4,4	23,9	15,1	4,2	100,0
Autres CEE	60,9	1,6	9,1	27,6	0,8	100,0
Turcs	56,3	15,5	15,2	3,4	9,6	100,0
Sud-Est asiatique	63,8	5,1	15,8	14,5	0,8	100,0
Divers	59,3	2,4	10,3	26,7	1,3	100,0
Ensemble	55,5	5,8	21,2	11,8	5,7	100,0
Français	57,9	3,0	15,0	22,2	1,9	100,0

Source : SIGES, ministère de l'Éducation nationale.

(a) Classes préprofessionnelles de niveau, classes préparatoires à l'apprentissage.
(b) Section d'éducation spécialisée, groupes classes ateliers.

TABLEAU N° 21

**Évolution de la population pénale en milieu fermé
au 1er janvier (prévenus + condamnés)**

Année	Population pénale	Pourcentage d'étrangers
1971	29 459	14,4
1972	31 668	14,7
1973	30 306	14,5
1974	27 100	15,1
1975	26 032	17,8
1976	29 482	18,0
1977	30 511	18,0
1978	32 259	17,7
1979	33 315	17,6
1980	35 655	19,8
1981	38 957	20,2
1982	30 340	23,4
1983	34 579	26,3
1984	38 634	26,2
1985	42 937	27,0
1986	42 617	28,0
1987	47 694	27,6

Source : ministère de la Justice.

Pourcentage d'étrangers parmi les personnes mises en cause par départements

Année 1983	
Paris	41,94 %
Alpes-Maritimes	36,62 %
Hauts-de-Seine	30,14 %
Pyrénées-Orientales	27,29 %
Rhône	26,27 %
Seine-Saint-Denis	25,60 %
Année 1984	
Paris	43,41 %
Alpes-Maritimes	32,54 %
Hauts-de-Seine	32,28 %
Bouches-du-Rhône	28,46 %
Seine-Saint-Denis	28,36 %
Rhône	28,20 %
Haut-Rhin	22,38 %
Val-de-Marne	22,27 %
Val-d'Oise	21,46 %
Haute-Savoie	21,22 %
Pyrénées-Orientales	20,79 %
Doubs	19,44 %
Yvelines	19,41 %
Moselle	18,63 %
Isère	18,57 %
Ain	18,10 %
Hérault	17,51 %
Var	17,25 %
Vaucluse	16,83 %
Hautes-Alpes	16,32 %
Essonne	15,97 %
Bas-Rhin	15,83 %
Savoie	15,59 %
Drôme	15,46 %
Loire	15,45 %

Source : ministère de l'Intérieur.

TABLEAU N° 23

Tableau des données financières en 1986
(en millions de francs)

Organisme	Montant du budget	Destination des dépenses		Origine des ressources	
ÉTAT					
Ministère des Affaires sociales	346	Accueil des réfugiés (SSAE)	18	} Budget de l'État	
		Subventions diverses	70		
		Aide au retour volontaire	229		
		Contrats	25		
Affaires étrangères	63,2	Subventions à l'OFPRA	30,8		
		Aide aux réfugiés	32,4		
	ss. tot. 409,2				
ONI	632,5	Aide à la réinsertion	450	Budget de l'État (ligne aide au retour figurant au budget des Affaires sociales + autres lignes)	450
		Charges	24		
		Publications	3		
		Fonctionnement	12,5	Ressources propres : contributions des employeurs et des intéressés-redevances-etc.	
		Provisions pour recettes incertaines	46,4		
FAS	1 185	Logement	556	Contribution CNAF	1 000
		Interventions sociales	602	Divers (produits financiers – contrats.	
		Fonctionnement	25,9	État ou Région – action FNH – prélèvement sur fonds de roulement)	
SONACOTRA	820	Logement – gestion foyers – amélioration immeubles		FAS	180
				Hors FAS	640
ADRI	42,3	Action culturelle et sociale de complément		Budget de l'État	9,8
				FAS	32,5
CNLI	1 000	Aide au logement		0,1 % logement (budget de l'État)	
SSAE	105	Accueil immigrés		FAS	5
				État	
Centre SS travailleurs migrants	16,7	Organisme de transit de flux de prestations sociales		Contribution régimes sociaux	15,4
		Fonctionnement	16,7	Communautés européennes pour traductions	1,3

TABLEAU N° 24

**Nombre de personnes ayant acquis ou retrouvé
la nationalité française par déclaration**

Motif d'acquisition	*1985*	*1986*	*1987*	*1988*
Total des acquisitions et réintégrations par déclaration, dont :	19 089	22 566	16 052	27 338
par mariage :	12 634	15 190	9 788	16 592
durant la minorité	5 088	6 312	5 486	9 937
autres	1 367	1 064	778	809

Source : DPM – ministère de la Solidarité.

TABLEAU N° 25

**Nombre de personnes ayant sollicité
la naturalisation ou la réintégration par décret**

Motif d'acquisition	*1985*	*1986*	*1987*	*1988*
Total des acquisitions par décret, dont :	41 588	33 402	25 702	26 961
naturalisations	26 902	21 072	16 205	16 762
réintégrations	2 708	1 986	1 649	2 251
effets collectifs	11 978	10 344	7 848	7 948

Source : DPM – ministère de la Solidarité.

Bibliographie

CHAPITRES I, II, III

Recensement général de la population de 1982, « Les Étrangers », INSEE.
Actualités Migrations, revue hebdomadaire, ONI.
Statistiques annuelles fournies par les ministères concernés :
« Les étrangers en France », ministère de l'Intérieur.
« Effectifs d'élèves étrangers dans l'enseignement public », Éducation nationale.
« Compte général de la justice pénale », ministère de la Justice.
« Statistiques de la police judiciaire », ministère de l'Intérieur.
« A propos de la délinquance des immigrés », Vᵉ journée internationale d'études comparées de la délinquance juvénile, mai 1985 par Jacqueline COSTA-LASCOUX.
« Les immigrés et la protection sociale », étude réalisée par des élèves de l'ENA, 1984.
« Statistiques sur la délinquance », CESDIP, novembre 1985 par Pierre TOURNIER.

CHAPITRE IV

« La nouvelle politique de l'immigration », secrétariat d'État aux travailleurs immigrés, 1975.
« 1981-1986, Une nouvelle politique de l'immigration », ministère de la Solidarité nationale, 1986.
Droit de l'immigration par Christian N'GUYEN VAN YEN, PUF.

CHAPITRE V

Actualités-Migrations, numéro spécial 23 mars 1987, ONI.
« Immigration et présence étrangère de 1984 à 1986 », rapport
SOPEMI pour 1986 : André LEBON.
« Statistiques 1985-1986 des reconduites à la frontière », minis-
tère de l'Intérieur (communication privée).
Rapport d'activité de l'OFPRA pour l'année 1985, ministère
des Relations extérieures.
Actualités-Migrations, numéro spécial 9 juin 1986, ONI.
ONISTATS, statistiques retour/réinsertion 1977-1986.
Revue européenne des migrations internationales vol. 1, n° 1,
septembre 1985 « Combien d'étrangers ont-ils quitté la
France entre 1975 et 1982? » par F. ZAMORA et A. LEBON.

CHAPITRE VI

Code de nationalité, loi du 29 janvier 1973.
« La nationalité française », Direction de la population et des
migrations, ministère de la Solidarité nationale, 1985.
« La nationalité française. Attribution et acquisition », par
Simone MASSICOT, *Population,* n° 2, 1986.
Questions de nationalité, ouvrage collectif, CIEMI-L'Har-
mattan.
« Quelle nationalité? », par Jacqueline COSTA-LASCOUX, *Les
Temps modernes,* mars-avril-mai 1984.
« Aspects de la présence musulmane en France », par Jean-
François LEGRAIN, dossiers du secrétariat des relations avec
l'Islam, n° 2, sept. 1986.
« Présence musulmane en France », par Rémy LEVEAU, *Études,*
mai 1986.
« Laïcité et sécularisation », par Georges DUPERRAY (commu-
nication privée).
L'Immigration à l'école de la république, par Georges BERQUE,
La Documentation française.

CHAPITRE VII

SOPEMI, rapport 1986, publication OCDE.

CHAPITRE VIII

Documents administratifs et budgets pour l'année 1986 concernant les services ministériels ou publics chargés de l'immigration.

Table

Préface à l'édition de poche   7

Introduction. – Question immigrée ou question française ?   11

1. *L'immigration à grands traits*   13
   Dans les années 80, une croissance très ralentie de la
   population étrangère. L'installation des étrangers est un
   fait. Les naissances sur le sol français sont devenues le
   principal facteur d'augmentation de cette population. Une
   situation numériquement comparable à celle des années
   trente et des origines géographiques et culturelles de plus
   en plus diverses.

2. *Les immigrés dans la société française*   31
   Les immigrés révèlent, tout en les cumulant, les handicaps de la société française : sururbanisation et concentration en certaines zones du territoire (Paris, Lyon,
   Marseille), chômage aggravé, logements trop souvent
   surpeuplés, enseignement débouchant sur l'échec, conditions de vie favorisant la délinquance.

3. *Les immigrés, acteurs de la société française*   49
   Après avoir participé à la croissance économique de la
   France, les immigrés sont une composante importante de
   la démographie nationale. Les conséquences en matière
   de protection sociale sont loin d'être négligeables.

4. *Quarante ans de mesures, pas assez de politique*   55
   Difficultés pour maîtriser le problème depuis 1945. Les mesures concernant l'immigration sont trop souvent prises au coup par coup, avec retard et sans référence à une vision d'ensemble.

5. *Les fausses solutions*   63
   Il n'y a pas de renvoi possible. Les mesures de contrôle, nécessaires, ne concernent qu'une très faible partie de la population étrangère. L'incitation au retour trouve très vite ses limites car elle suppose le volontariat.

6. *L'insertion : subir ou agir*   75
   C'est l'aspect essentiel de la question immigrée, trop longtemps négligé. La réforme du code de nationalité ne peut être qu'un moyen au service d'une politique et non une politique en soi. Avec 2,5 millions de musulmans, français ou non, la France est directement concernée par l'Islam et son évolution. L'insertion suppose également que soient réussies les politiques de l'école, du logement et de la formation professionnelle.

7. *L'Europe, l'Europe ?*   109
   L'immigration est maintenant une réalité européenne. Pouvons-nous à partir de 1992 nous contenter de politiques nationales indépendantes et souvent très différentes ?

8. *S'organiser autrement*   117
   Des moyens relativement importants, totalement dispersés. Des connaissances, notamment statistiques, insuffisantes et trop souvent tournées vers le passé. Des expériences de terrain, nombreuses, trop souvent ignorées. La nécessité de créer un « Centre du savoir » et une structure interministérielle pour une véritable politique de l'immigration.

Conclusion   133

Annexes   135

Bibliographie   151

CET OUVRAGE A ÉTÉ REPRODUIT ET ACHEVÉ D'IMPRIMER
PAR L'IMPRIMERIE FLOCH À MAYENNE
IMPRESSION : IMP. BRODARD ET TAUPIN À LA FLÈCHE (SARTHE)
DÉPÔT LÉGAL : SEPTEMBRE 1990. N° 12210 (1182 D-5)

Collection Points

SÉRIE POLITIQUE

DERNIERS TITRES PARUS

51. La Faute à Voltaire, *par Nelcya Delanoë*
52. Géographie de la faim, *par Josué de Castro*
53. Le Système totalitaire, *par Hannah Arendt*
54. Le Communisme utopique, *par Alain Touraine*
55. Japon, troisième grand, *par Robert Guillain*
56. Les Partis politiques dans la France d'aujourd'hui
    par François Borella
57. Pour un nouveau contrat social, *par Edgar Faure*
58. Le Marché commun contre l'Europe
    par Bernard Jaumont, Daniel Lenègre et Michel Rocard (épuisé)
59. Le Métier de militant, *par Daniel Mothé*
60. Chine-URSS, *par François Fejtö*
61. Critique de la division du travail, *par André Gorz*
62. La Civilisation au carrefour, *par Radovan Richta*
63. Les Cinq Communismes, *par Gilles Martinet* (épuisé)
64. Bilan et Perspectives, *par Léon Trotski*
65. Pour une sociologie politique, t. 1
    par Jean-Pierre Cot et Jean-Pierre Mounier
66. Pour une sociologie politique, t. 2
    par Jean-Pierre Cot et Jean-Pierre Mounier
67. L'Utopie ou la Mort, *par René Dumont*
68. Fascisme et Dictature, *par Nicos Poulantzas*
69. Mao Tsé-toung et la Construction du socialisme
    textes inédits traduits et présentés par Hu Chi-hsi
70. Autocritique, *par Edgar Morin*
71. Nouveau Guide du militant
    par Denis Langlois (épuisé)
72. Les Syndicats en France, t. 1, *par Jean-Daniel Reynaud* (épuisé)
73. Les Syndicats en France, t. 2, textes et documents
    par Jean-Daniel Reynaud
74. Force ouvrière, *par Alain Bergounioux*
75. De l'aide à la recolonisation, *par Tibor Mende*
76. Le Patronat, histoire, structure, stratégie du CNPF
    par Bernard Brizay
77. Lettre à une étudiante, *par Alain Touraine*
78. Sur la France, *par Stanley Hoffmann*

79. La Cuisinière et le Mangeur d'hommes
    par André Glucksmann
80. L'Age de l'autogestion, *par Pierre Rosanvallon*
81. Les Classes sociales dans le capitalisme aujourd'hui
    par Nicos Poulantzas
82. Regards froids sur la Chine, *ouvrage collectif*
83. Théorie politique, *par Saint-Just*
84. La Crise des dictatures, *par Nicos Poulantzas* (épuisé)
85. Les Dégâts du progrès, *par la CFDT*
86. Les Sommets de l'État, *par Pierre Birnbaum*
87. Du contrat social, *par Jean-Jacques Rousseau*
88. L'Enfant et la Raison d'État, *par Philippe Meyer*
89. Écologie et Politique, *par A. Gorz et M. Bosquet*
90. Les Racines du libéralisme, *par Pierre-François Moreau*
91. Syndicat libre en URSS
    par le Comité international contre la répression
92. L'Informatisation de la société, *par Simon Nora et Alain Minc*
93. Manuel de l'animateur social, *par Saül Alinsky*
94. Mémoires d'un révolutionnaire, *par Victor Serge*
95. Les Partis politiques en Europe, *par François Borella*
96. Le Libéralisme, *par Georges Burdeau*
97. Parler vrai, *par Michel Rocard*
98. Mythes révolutionnaires du tiers monde, *par Gérard Chaliand*
99. Qu'est-ce que la social-démocratie ?, *par la revue « Faire »*
100. La Démocratie et les Partis politiques
     par Moisei Ostrogorski
101. Crise et Avenir de la classe ouvrière
     par la revue « Faire » (épuisé)
102. Le Socialisme des intellectuels, *par Jan Waclav Makhaïski*
103. Reconstruire l'espoir, *par Edmond Maire*
104. Le Tertiaire éclaté, *par la CFDT*
105. Le Reflux américain, *par la revue « Faire »*
106. Les Pollueurs, *par Anne Guérin-Henni*
107. Qui a peur du tiers monde ?
     par Jean-Yves Carfantan et Charles Condamines
108. La Croissance... de la famine, *par René Dumont*
109. Stratégie de l'action non violente, *par Jean-Marie Muller*
110. Retournez les fusils !, *par Jean Ziegler*
111. L'Acteur et le Système
     par Michel Crozier et Erhard Friedberg
112. Adieux au prolétariat, *par André Gorz*
113. Nos droits face à l'État, *par Gérard Soulier*
114. Les Partis politiques, *par Maurice Duverger*

115. Les « Disparus », *par Amnesty International*
116. L'Afrique étranglée, *par René Dumont et Marie-France Mottin*
117. La CGT, *par René Mouriaux*
118. Le Mal-développement en Amérique latine
    par René Dumont et Marie-France Mottin
119. Les Assassinats politiques, *par Amnesty International*
120. Vaincre la faim, c'est possible
    par Jean-Yves Carfantan et Charles Condamines
121. La Crise de l'État-providence, *par Pierre Rosanvallon*
122. La Deuxième Gauche, *par Hervé Hamon et Patrick Rotman*
123. Les Origines du totalitarisme. 1. Sur l'antisémitisme
    par Hannah Arendt
124. La Torture, *par Amnesty International*
125. Les Origines du totalitarisme. 2. L'Impérialisme
    par Hannah Arendt
126. Les Rebelles, *par Jean Ziegler*
127. Le Pari français, *par Michel Albert*
128. La Fin des immigrés
    par Françoise Gaspard et Claude Servan-Schreiber
129. Les Régimes politiques occidentaux, *par Jean-Louis Quermonne*
130. A l'épreuve des faits, *par Michel Rocard*
131. Introduction aux relations internationales
    par Jacques Huntzinger
132. Individu et Justice sociale. Autour de John Rawls
    ouvrage collectif
133. Mai 68. Histoire des événements, *par Laurent Joffrin*
134. Le Libéralisme économique, *par Pierre Rosanvallon*
135. Un pays comme le nôtre, *par Michel Rocard*
136. La Nouvelle France, *par Emmanuel Todd*
137. Les Juges dans la balance, *par Daniel Soulez Larivière*
138. Les Cadets de la droite, *par Jacques Frémontier*
139. La République des fonctionnaires, *par Thierry Pfister*
140. La Question immigrée
    par Jacques Voisard et Christiane Ducastelle